종수의 귀환

FUSION FANTASTIC STORY

템블러 장편 소설

총수의 귀환 6

텀블러 장편 소설

초판 1쇄 찍은 날 § 2013년 7월 12일
초판 1쇄 펴낸 날 § 2013년 7월 19일

지은이 § 텀블러
펴낸이 § 서경석

편집부장 § 권태완
편집책임 § 박은정
디자인 § 신현아

펴낸곳 § 도서출판 청어람
등록번호 § 제1081-1-89호
등록일자 § 1999. 5. 31
어람번호 § 제1-1633호

주소 § 경기도 부천시 원미구 심곡2동 163-2 서경B/D 3F (우) 420-822
전화 § 032-656-4452팩스 § 032-656-4453
http://www.chungeoram.com
E-mail § chungeorambook@daum.net

ISBN 978-89-251-3370-6 04810
ISBN 978-89-251-3259-7 (세트)

FUSION FANTASTIC STORY

총수의 귀환

텀블러 장편 소설

6

[완결]

CONTENTS

CHAPTER **01**

기억의 조작

　루야나드 대륙에서 가장 아름다운 곳을 꼽으라면 그 누구라도 천상의 낙원이라 불리는 천계를 꼽을 것이다.

　아침이면 가장 먼저 햇살이 비추는 이곳은 숨이 멎을 듯한 신비함으로 가득 차 있다.

　구름으로 이뤄진 대지 위에는 항상 기분 좋은 바람이 불고 있으며, 천계의 정기를 먹고 자라는 형형색색의 식물들은 달콤한 향기를 흘려낸다.

　마왕 아수스가 천계에서 쫓겨날 당시, 마계 역시 천계와 비슷한 모습을 가지고 있었다.

하지만 천계 역시 중간계와 같이 척박하고 음습한 지역을 가지고 있다.

그곳을 향해 조금씩 밀려나던 마족은 더 이상 물러날 곳이 없어 전쟁을 택할 수밖에 없었다.

한마디로 생존을 위해서 이길 수가 없는 도박에 모든 것을 걸었던 것이다.

아수스가 천족을 미워하는 것은 순전히 전쟁에서 패배했기 때문도 아니고 주신의 불공평한 사랑 때문도 아니었다.

그가 천족을 미워하는 이유는 자신들만을 생각하는 천족의 이기심 때문이었다.

만약 그들이 마족과 균형을 이루며 적당히 타협하며 살았다면 전쟁을 일으킬 일은 절대로 없었을 것이다.

마족 또한 천족과 마찬가지로 천계에서 살아왔으며, 주신의 피조물이기 때문이다.

창조될 당시, 아수스는 주신에게로부터 무한한 사랑과 축복을 받았다.

하지만 지금까지 그가 겪은 일로 미뤄보면 그 축복과 사랑은 과연 무엇을 뜻하는 것인지 전혀 알 수가 없는 지경에 이르렀다.

하늘에서 비가 내리는 오후, 아수스는 하염없이 먹구름을 바라보고 있다.

"오늘따라 비가 참 많이도 오는군요."

그의 곁으로 다가선 오리엔에게 아수스는 옅은 미소를 지었다.

"그렇군. 오늘따라 비가 참 많이도 내려. 원래 이곳의 절기라는 것이 입각해서 보자면 상당히 의외의 날씨라고 해야겠군."

"원래 인생이라는 것이 한 치 앞도 모르는 것이라고들 하더군요. 그리고 보면 이곳이나 루야나드나 사람 사는 곳은 다 똑같다는 생각이 듭니다. 비록 인간의 울타리에서 보는 것이지만 말입니다."

"후후, 마족이나 천족이라고 다르겠나? 다 똑같은 법이지."

아수스가 처음 지하로 쫓겨나면서 느낀 것은 어디를 가든지 종족은 번성한다는 것이었다.

하지만 그것도 차원이 온전히 남아 있을 때 가능한 얘기다.

지금 서서히 붕괴되고 있는 루야나드의 지하세계와 중간계는 더 이상 마족이 번성할 수 있는 곳이 아니었다.

"그나저나 그녀가 성공할까요?"

"그 하얀 도마뱀 말인가?"

"그저 덩치만 큰 파충류는 아니었으면 하는 바람입니다."

"후후, 꽤나 외골수에 단순하긴 하지만 그래 봬도 엄연히 지상 최강의 종족이 아닌가? 알아서 잘 하겠지."

"제발 그랬으면 좋겠군요."

호텔 난간에 몸을 기대고 있던 아수스가 몸을 일으키며 말했다.

"그녀가 성공해도 우리가 자리를 잡을 기반이 없으면 다 무슨 소용인가?"

"지당한 말씀이십니다."

"카지노를 부흥시키는 것도 중요하지만 우리의 기반이 될 곳을 확충하는 것도 중요해. 우리가 계획했던 일은 차질없이 진행되고 있겠지?"

오리엔은 당연하다는 듯 말했다.

"아지 지금쯤이면 러시아 마피아들이 식겁해서 몸을 벌벌 떨고 있을 겁니다."

"후후, 그럴까? 오히려 반항하다 기반시설을 모두 잃을 수도 있겠지."

"지금에서는 최선의 경우만을 생각하는 수밖에 없습니다. 우리가 가진 카드가 얼마 없으니까요."

"그건 자네 말이 맞군."

아수스는 그의 의견에 따르기로 한다.

"그럼 나는 계획이 성공한다는 가정 하에 일을 진행하도록 하겠네."

"그리하시지요."

시간이 별로 없다는 것을 절감하는 것은 두 사람 모두 같을 것이다.

그들은 잠시 동안의 사색을 정리하고 다시 일터로 나갔다.

*　　　*　　　*

러시아 모스크바의 아르바트 거리는 깊은 역사를 간직하고 있는 거리다.

락카페나 나이트클럽을 가지고 있는 건물들도 있지만, 그것은 세월이 흐름에 순응하면서 생긴 자연스러운 현상이다.

이렇듯, 유구한 역사를 가진 아르바트의 뒷골목 역시 세월의 변화에 따라 모습을 바꾸어 나가는 중이다.

하지만 오랜 세월 역사와 함께 한 폭력조직은 여전히 거대한 규모를 유지하고 있었다.

러시아 마피아는 철저히 점조직 형태로 되어 있는데, 중세시대의 봉건주의 계급과 비슷한 구조를 가지고 있다.

정 피라미드의 체제이기 때문에 아무리 윗선을 잡아들여봐야 조직은 절대로 무너지지 않는다.

게다가 그들의 점조직들은 이미 정, 재계로 진출하여 만만치 않은 영향력을 행사하고 있다.

심지어 학벌주의 조직들이 판을 치는 마당이라고 한다면 그 영향력이 얼마나 지대한 것인지 알 수 있다.

흔히 영화에서 보는 덩치만 큰 폭력조직이 아니라는 뜻이다.

만약 그런 범죄조직의 뿌리를 뽑겠다고 CIA나 KGB와 같은 특수조직이 덤벼도 절대로 숙청할 수가 없을 것이다.

제 아무리 뛰어난 조직도 마피아를 뿌리 뽑기엔 불가능하다는 소리다.

그러나 만약에 누군가 이들을 한 데로 엮어 버릴 힘을 가지고 있다면 장악을 하는 것은 가능할 수도 있다.

피라미드의 구조이긴 하지만 분명 '대부'는 존재하기 때문이다.

하지만 문제는 대부를 찾아 무릎을 꿇게 만드는 것 자체가 거의 불가능하다는 것이다.

그런 불가능한 문제를 가능하게 만들기 위해 테미안이 나서기로 했다.

쏴아아아아……!

추적추적 비가 내리는 아르바트 뒷골목에는 술에 취해 비틀거리는 청년들이 즐비해 있다.

"딸꾹! 한 잔 더 해야지!"

"하하하! 한 잔 더!"

세계 어디를 가나 청년들은 꼭 '한 잔 더'라는 말을 입버릇처럼 외치곤 한다.

더군다나 추운 기후에 적응하기 위해 보드카를 즐기는 러시아인들이라면 깊게 말해 입이 아플 지경일 것이다.

그런 그들을 바라보며 테미안은 별 감흥이 없다는 듯 묵묵히 발걸음을 옮긴다.

그렇게 도착한 어느 나이트클럽 앞, 금속 탐지기를 손에 든 경호원들이 밖을 지키고 서 있다.

러시아 클럽은 총기나 흉기 반입이 철저히 엄금되는 만큼 단속 또한 아주 철저하다.

행여나 지하 클럽에서 난동이라도 부린다면, 그날로부터 적어도 일주일간은 공치사를 해야 하기 때문이다.

대부분 나이트클럽은 음주가무를 위해 찾는 곳이나, 가끔 제정신이 아닌 청년들이 존재하므로 점주들은 철저한 관리를 항상 강조한다.

다 늦은 밤에도 선글라스를 낀 경호원들이 나이트클럽에 다가선 테미안을 막아선다.

"그냥은 못 들어갑니다. 이곳에서 검색을 통과한 후에 들어갈 수 있습니다."

"그렇게 하지."

아주 짧고 간단한 테미안의 대답이 끝나자, 경호원들은 머리부터 발끝까지 검은색 봉을 들고 수색을 시작한다.

삐익, 삐익—

흉기는커녕 지갑도 제대로 들고 다니지 않는 테미안에게서 이상한 점이 발견될 리가 없다.

"되었습니다. 즐거운 시간되시기 바랍니다."

무사히 검색대를 통과한 테미안은 강렬한 비트 속을 천천히 걸어 나간다.

쿵쿵쿵쿵!

마치 온몸에 전율이라도 이는 듯 시끄럽게 울려대는 스피커 소리에 맞춰 젊은이들은 신나게 몸을 흔든다.

화려한 조명을 따라 파도처럼 일렁거리는 인파를 헤치며 스테이지를 지난 테미안은 이곳에서 가장 넓은 룸이 있는 삼층으로 향한다.

훤칠한 외모에 다부진 몸을 한 청년이 지나가자 몇몇 여성이 관심을 보인다.

"혼자 왔어요?"

"어디서 왔나요? 미국? 영국?"

하지만 테미안은 그들에게는 볼일이 전혀 없다는 듯 고개를 돌려 버린다.

"…시끄럽군. 그만 재잘대고 갈 길 가도록 하지."

자존심이 상한 여성들은 그에게 신랄하게 욕을 퍼붓고 휙

하고 돌아선다.

"어머, 별꼴이네! 남자가 좋으면 게이바를 가지 왜 이런 클럽엘 왔데?"

"흥! 이거나 먹어라, 퉤!"

"……."

표현이 좀 거칠긴 하지만 그런 사소한 것을 신경 쓸 테미안이 아니다.

오히려 그는 조금 더 편해졌다는 듯 길을 재촉한다.

"좀 났군."

계속해서 인파를 헤치며 클럽의 삼 층으로 올라간 그는 자신이 가진 놀라운 능력을 발휘한다.

"흐읍!"

크게 심호흡을 한 테미안에 온몸에 힘을 주자, 그의 몸은 총알로도 상처 하나 낼 수 없는 단단한 몸이 되어버린다.

그리고 잠시 후, 그는 전방을 향해 맹렬히 돌진하기 시작한다.

쿵쿵쿵쿵!

비트가 하도 시끄러워서 소리는 잘 들리지 않았지만, 사람들은 분명히 그의 걸음이 만들어내는 진동을 느꼈을 것이다.

하지만 워낙 정신없는 나이트클럽 분위기 때문에 다들 대수롭지 않게 춤을 춘다.

그 덕분에 테미안은 그 누구의 개입도 없이 룸의 벽을 뚫고 들어갈 수 있었다.

콰앙!

놀랍게도 맨몸으로 콘크리트 벽을 부수어 버린 테미안은 룸 안의 풍경을 재빨리 살폈다.

"뭐야?! 어떤 미친 자식이 벽을 뚫고 들어와?!"

"경호원들은 뭐하는 거지? 아주 기강이 형편없게 되어버렸군!"

야밤에 벽을 뚫고 들어온 남자에게 고운 말을 하는 사람은 아마 없을 것이다.

그만큼 지금 이 상황은 무척이나 비정상적이라는 소리다.

하지만 비정상적인 상황은 여기서 끝나지 않았다.

"미치지도 않았거니와 경호원들은 나의 정체를 파악하지도 못했다."

딱히 이곳에 종사하는 사람들을 내쫓을 필요는 없는 법, 테미안은 직원들의 실수는 눈감아주는 선에서 일을 처리하기로 한다.

"아무튼 그들은 제하고 우두머리만 제거하기로 하겠다. 불만 없겠지?"

"도대체 이 정신 나간 새끼는 어디서 굴러들어 온 거야?!"

짜증이 폭발하기 직전이라는 듯, 그의 얼굴이 새빨갛게 물들어 버린다.

마피아 중간보스가 직접 운영하는 나이트클럽에 난동이라니, 열이 받을 만도 하다.

그러나 그것은 테미안의 정체를 모를 때까지만 해당되는 얘기다.

"아무래도 오늘도 역시 피를 보지 않고서는 일을 끝낼 수 없을 것 같군."

"뭐? 그건 또 무슨 개 같은……."

그의 말이 끝나기도 전에 테미안의 주먹이 단단해지더니 땅바닥을 사정없이 내려쳤다.

콰앙!

그러자, 파편이 튀어 나가면서 주변의 모든 유리를 부숴 버린다.

쨍그랑!

"꺄악!"

그제야 주변에서 춤을 추던 아가씨들의 비명 소리가 들려온다.

하지만 비명을 질러야 할 쪽은 정작 이곳인 듯하다.

인간의 주먹이 얼마나 콘크리트 바닥을 저렇게 쉽게 아작낼 수 있는지, 두 눈으로 직접 보고도 도저히 믿을 수가 없다는 눈치다.

"뭐 저런 괴물이⋯⋯."

이윽고 고개를 들어 올린 테미안이 가장 상석의 중간에 앉은 사내에게 다가가 말했다.

"지금부터 내가 하는 말을 잘 듣는다면 굳이 죽이지는 않겠다."

잘못하면 목이 돌아갈 판, 그는 고개를 끄덕였다.

"뭐, 정 그러시다면⋯⋯."

하지만 분위기를 살벌하게 만드는 장면이 연출되고 만다.

테미안의 말에 복종할 듯하던 마피아가 권총을 꺼내 든 것이다.

철컥!

"흥! 사람을 띄엄띄엄 봐도 유분수지, 이건 너무 말도 안 되는 일이군!"

타앙!

소음기조차 달리지 않은 권총이 불을 뿜자, 총알이 날아가 테미안의 몸에 박힌다.

서걱!

그것도 심장을 정확히 관통했으니 이대로 목숨을 잃을지도 모른다.

하지만 테미안은 별 대수롭지 않다는 듯, 계속해서 발걸음을 옮겼다.

"도, 도대체 이게 무슨……?!"

이윽고 주먹을 들어 올린 테미안이 벽을 세게 내려친다.

콰앙!

자시의 얼굴 바로 옆을 스친 사내가 기겁하며 일어섰다.

"허, 허억!"

파랗게 질린 그의 귓가에 얼굴을 들이민 테미안이 물었다.

"지금 네 두목은 어디에 있나?"

"그, 그게 무슨……."

"두목의 위치를 물었다. 제대로 답하면 대가리가 산산조각 나는 일은 없을 것이다."

제아무리 마피아가 연줄이 좋아도 경찰을 클럽에 함부로 부를 수는 없는 일이다.

일반인처럼 전화 한 통에 위기를 해결할 수도 없는 그는 난감하기 이를 데 없는 표정을 짓는다.

"그, 그건 좀……."

테미안은 반항하는 그에게 자신의 위력을 다시금 느끼게 해준다.

"그렇다면 할 수 없지. 잘 가라."

"자, 잠깐……."

그의 주먹이 사내의 머리를 함께 엮어 벽을 뚫고 들어간다.

콰앙!

미처 비명이 들릴 틈도 없었다.

순식간에 일어난 엄청난 일에 주변이 경악으로 물들었고, 그에 아랑곳하지 않은 테미안이 다음 타깃을 고른다.

"이번에는 누가 희생되고 싶은 건가? 너인가?"

꿀꺽!

경찰이 출동하기도 전, 그들은 알아서 무릎을 꿇었다.

"부디 목숨만 살려주십시오!"

세상에 목숨보다 귀한 것은 아무것도 없다는 사실을 여실히 보여주는 장면이다.

하지만 테미안은 영혼이 없는 반응을 보일 뿐이었다.

"네놈들 두목은 어디에 있지?"

"지금 보스는 블라디보스토크에 있습니다. 그러니 이곳은 2인자들이 관리하는 곳이라 보시면 됩니다."

순순히 지명을 말하는 마피아들, 만약 이것이 사실이라면 통합은 점점 가까워지는 것이라 할 수 있다.

마피아 역시 힘의 논리가 통하는 집단이라는 것이 증명된 셈이기 때문이다.

"너희 둘은 나를 따른다."

테미안의 무표정한 얼굴이 내뱉는 말은 이를 드러내며 으르렁거리는 것보다 더 무서울 지경이다.

두 사람은 순순히 그를 따라 나섰다.

　　　　　*　　　　*　　　　*

　천족의 중앙회의가 열리는 대신전, 각 지역의 제사장이 모인 가운데 긴급회의가 소집되었다.

　종족의 대소사를 결정하는 일에는 군단보다 신전의 우두머리들에게 우선권이 돌아간다.

　그런 이유로 중앙회의는 군부의 수장들이 철저히 배제된 상태에서 진행된다.

　모두 서른 명의 제사장이 대제사장 클레이톤에게 이번 안건에 대해 이해할 수 없다는 표정을 짓는다.

　"도대체 우리가 언제부터 지상의 종족까지 이곳으로 끌고 왔단 말입니까?"

　"맞습니다. 제아무리 드래곤이라고는 하나, 우리가 그녀를 보살펴야 할 이유는 없지요."

　인간들은 흔히 지성의 결정체라고 하면 드래곤을 떠올리게 마련이다.

　하지만 그것은 천족의 제사장들을 한 번도 만나 보지 못해 하는 소리다.

　철저히 감성은 배제한 그들은 모든 일에 사적이고 주관적인 감정을 이입시키지 않는다.

천족의 겉모습과는 완전히 반대되는 성질이지만, 지금까지 천족을 이끌어 온 원동력이기도 하다.

그러나 때론 이런 완벽한 이성이 이기적으로 작용해, 타 종족에게 피해를 입히는 경우도 있다.

그 사실을 가장 잘 아는 클레이톤은 제사장들을 설득하기 시작한다.

"우리는 지금까지 한 번도 중간계의 질서 따위는 생각한 적이 없었소. 다만, 마족이 세력을 확장하여 천계로 올라올 수 있다는 위협을 없애는 것에 집중했을 뿐이지."

"천족이 이곳을 지배하고 천계에 영유할 수 있었던 이유는 바로 그런 것 아니었습니까? 만약 그대로 마족이 이곳에 머물고 있었다면 신성력과 마력이 부딪쳐 무슨 일이 일어났을 지 아무도 모르는 일 아닙니까?"

"그렇다고 인간들을 희생시키는 것은 옳은 선택이 아니었소."

클레이톤의 주장에 제사장들은 전혀 이해할 수 없다는 입장을 보인다.

"우리 천족은 주신의 축복을 받는 종족입니다. 고로 세상에서 가장 월등한 종족이지요. 우리가 없는 루야나드가 가당키나 한 말입니까?"

"하지만 다른 종족 또한 신의 피조물이지요. 게다가 최근 대신전에서는 균형이라는 신탁을 받기도 했습니다. 그 사실은 모두들 너무나 잘 알고 있는 사실 아닙니까?"

자신의 기도에 응답한 주신은 이따금 신탁을 내리곤 하는데, 신탁의 형태는 항상 짧은 단어 하나로 되어 있다.

상당히 함축적인 의미를 내포하고 있는 신탁의 내용을 해석하는 것은 언제나 제사장들의 몫이다.

"그 균형과 저 미개한 파충류가 도대체 무슨 상관이란 말입니까? 드래곤은 마족과 같이 마력으로 이뤄진 생물입니다. 오히려 천계의 균형을 무너뜨릴 겁니다."

에이션트 드래곤을 천계에 두는 것을 끝까지 반대하는 제사장들 사이로 천족 제3군단장이 모습을 드러낸다.

"그건 진정한 균형을 모르고 하시는 소리들입니다."

순간, 제사장들의 얼굴에 불편한 심기가 그대로 드러난다.

"크흠! 여기가 감히 어디라고 군인이 들어오는 것입니까?"

"중앙회의의 위엄을 무시하는 처사 아닙니까?"

클레이톤은 그런 그들의 심기를 자신의 권한으로 눌러버린다.

"내가 군단장을 부른 것이오."

"예?! 그런 말도 안 되는……!"

자신들만의 틀을 깨는 것은 제사장들에게 있어 아주 불쾌한 일이다.

하지만 그들의 우두머리는 그런 퇴색적인 고정관념을 단박에 깨버린다.

"발언하게, 마리우스."

"예, 알겠습니다."

"대, 대제사장님!"

경악에 가까운 탄식을 내지르는 제사장들에게 클레이톤이 말했다.

"이곳에 누구를 들이든 그것은 내 권한이오. 그렇지 않소?"

이것이야말로 가장 확실하고 오래된 진리다.

제사장들은 클레이톤의 한마디에 결국 입을 닫을 수밖에 없었다.

떨떠름하지만 대제사장의 권한은 절대적인 것이다.

클레이톤이 마리우스를 바라보자, 그는 곧바로 자신의 의견을 피력해 나간다.

"얼마 전, 중간계의 조율자로 남겨두었던 드래곤들이 1만 년 만에 처음으로 로드회의를 가졌다고 합니다. 그 이유는 바로 지하계의 붕괴로 인하여 중간계의 근간이 흔들린다는 것이었지요."

"그래서 그게 뭘 어쨌다는 겁니까? 저들 또한 집단이 있으니 회의를 가질 수도 있는 것이지요."

"그건 중요한 것이 아닙니다. 회의를 가졌던 드래곤 로드가 직접 타계법을 찾아냈다는 겁니다. 그리고 그것은 바로 차원이동이었다는 것이 문제입니다."

순간, 제사장들이 자리를 박차고 일어섰다.

"차원이동?! 그게 가능한 겁니까?!"

"불가능할 리가 없지요. 모르셨습니까? 벌써 인간들의 영웅 카미엘은 차원의 틈을 타고 이계로 돌아갔습니다. 그를 따라서 우리의 종족 엘레니아 역시 사라졌고요."

"뭐, 뭐요?! 그녀는 그저 지상계로 떨어져 내린 것 아니었습니까?!"

"군부의 일이니 제사장들은 모를 수도 있겠지요. 어디 관심이나 가지고 계셨습니까?"

"허어……! 뭐 그런 말도 안 되는 일이 다 있습니까?"

"세상에는 별의별 일이 다 있지요. 엘레니아가 그를 따라 차원이동을 한 것도 나름대로 그 세계가 돌아가는 일 중 하나입니다. 그리 호들갑 떨 것도 없습니다."

지금까지 그저 인간에게 마음을 빼앗겨 스스로 전사의 명예를 버린 것이라 여겨졌던 엘레니아의 진실이 밝혀지는 순간이다.

"전사의 명예만 버린 줄 알았더니 종족의 긍지까지 버렸군. 그래, 애초에 그런 종자는 없는 편이 났지요."

"하긴, 그런 종자를 끌어안고 있어봐야 종족을 병들게 할 뿐이지요."

자신들에게 필요 없으면 가차없이 내치는 것은 제사장들의 가장 큰 특성이다.

하지만 마리우스는 그런 그들을 맹렬히 비난하지 않는다.

그럴 가치가 없다고 여기고 있었던 까닭이다.

"아무튼 지금 중요한 것은 그게 아닙니다. 어째서 마계가 붕괴하고 있냐는 겁니다."

"그거야 마왕의 힘이 급격히 약해졌기 때문이겠지요."

마리우스는 고개를 젓는다.

"아니요, 그런 단순한 문제가 아닙니다. 마계가 무너진 것은 마왕이 그곳에서 없어졌기 때문입니다."

"마왕이 마계에 존재하지 않는다?"

"자신의 종족을 위해서라면 무엇이든 할 아수스가 아닙니까? 그런 아수스가 단 한 가지 선택할 수 있는 길이 있다면 무엇이겠습니까?"

"당연히 힘을 회복하는 일이겠지요."

마치 꼬리 물기를 하듯 답하는 제사장들에게 마리우스는 아주 자세하게 설명을 이어 나간다.

"맞습니다. 그런데 그 방법이 아주 희한합니다. 아수스는 중간계의 전투가 끝나면서 카미엘에게 심장을 빼앗겨 버렸지요. 그래서 가짜 심장으로 근근이 살아가는 중이었습니다. 그래서 마계의 꼴이 말이 아니었지요."

"그, 그렇다면……."

"아수스는 카미엘을 따라 차원이동을 한 겁니다. 자신이 실수로 만들어 놓은 곳을 타고 말입니다."

차원을 이동했다는 것은 천족으로서는 상당히 껄끄러운 일이 아닐 수가 없다.

그것을 이용해 아수스가 무슨 짓을 할지 아무도 알 수 없기 때문이다.

"그런데 그녀가 차원이동을 한 이유도 상당히 중요합니다. 그녀는 중간계의 안정을 위해 차원을 뛰어넘었습니다. 하지만 그 과정에서 그녀는 차원의 틈 말고 오로지 용언에 의지해서 차원이동을 성공시켰지요."

"흐음……. 그래서 몸과 영혼이 모두 멀쩡하다?"

"다만 기억상실 증세를 보이고 있을 뿐입니다. 그런데 그런 위험한 짓을 되풀이하기엔 그녀가 가진 성과가 이상할 정도로 전무합니다. 차라리 이곳으로 돌아오지 않는 편이 나을 정도지요."

제사장들은 마리우스의 설명에 고개를 갸웃거린다.

"그래서 요점이 뭡니까?"

"아무래도 아수스와 그녀가 무슨 거래를 한 것 같은데 그

실마리를 도저히 찾을 수가 없다는 겁니다."

"어째서 그렇지요?"

"드래곤 역시 상당히 이성적인 존재입니다. 자신들이 옳지 않다고 생각하는 것은 절대로 하지 않지요. 그들이 세운 목표 역시 같습니다. 중간계를 살리기 위한 방편이 마련되지 않는 한 절대로 돌아오지 않았을 겁니다."

"흐음……."

그제야 제사장들의 마음이 조금은 기운 듯하다.

"제가 왜 그녀를 데리고 있어야 하는지 그 이유를 아시겠지요? 그녀는 아수스와 그의 부하들을 영원히 우리의 곁으로 다가오지 못하도록 할 유일한 단서란 말입니다."

설득력 있는 그의 설명에도 불구하고 제사장들은 쉽사리 마음을 움직이지 않는다.

"흐음……. 그건 조금 더 두고 봐야 할 문제 아니겠습니까?"

어차피 한 번에 이들을 설득할 수 없을 것이라 생각하고 있었는지, 그가 절충안을 제시한다.

"그럼 이렇게 하시지요. 그녀를 천계의 감옥에 가두어 두었다가 정신을 차릴 때까지 기다리는 겁니다. 그 이후에는 제대로 자백을 하게끔 유도하면 되는 것 아닙니까?"

"순순히 자백을 하겠습니까? 나름대로 중간계 최고의 종족인데."

"여차하면 중간계를 없애고 재창조를 한다고 협박하면 그만입니다. 그곳도 예전의 지하세계처럼 만들게 되면 그녀의 마음 또한 상당히 아프겠지요."

그의 절충안이 마음에 들었는지, 제사장들이 흔쾌히 수락했다.

"좋습니다. 그럼 당신의 말대로 합시다."

"그 말에 후회는 없는 것이지요?"

조금은 공격적인 그의 의사확인에 제사장들은 이맛살을 구긴다.

"절충안을 적용시키기 싫습니까?"

"아니요, 그저 의사를 물어본 것뿐입니다."

"후회란 없습니다. 우리 같은 지성체가 후회를 하다니, 있을 수 없는 일입니다."

"그렇군요."

슬그머니 자신을 바라보는 마리우스의 눈길을 느낀 클레이톤이 회의의 안건을 통과시킨다.

"그럼 그녀를 천계에 머물게 하는 것에 모두들 동의하시는 것이오?"

"물론 조건부입니다."

"뭐, 어찌 되었던 말이오."

제사장들이 아주 오랜만에 만장일치를 보인다.

모든 문제를 다수결로 해결하는 중앙회의에서 만장일치는 상당히 드문 경우다.

하지만 아수스가 걸린 일이라 그 드문 경우가 성립되었다.

클레이톤은 천계의 중앙회의의 비석에 이번 회의의 안건을 새겨 넣는다.

그리고는 최종적으로 이번 안건이 통과되었다고 선언했다.

"이로서 에이션트 드래곤이 천계에 머무는 안건이 통과되었소."

과연 그녀에게서 무엇을 얻어낼 수 있을지, 클레이톤 역시 기대를 해본다.

*　　　　*　　　　*

은우와 마주앉은 장진영은 너무나 뜻밖의 제안에 이해할 수 없는 듯 물었다.

"그러니까……. 지금 회장님의 말씀은 속죄의 길을 내가 알아서 정하라는 그런 말씀 아닙니까?"

"예, 그렇습니다. 당신이 만약 잘못된 길을 걷고 있다면 다시 한 번 기회를 주고 싶은 겁니다."

하지만 장진영은 떨떠름한 표정을 짓는다.

"병 주고 약 주는 정도가 있지요. 아무리 그래도 이건 좀······."

"죽은 사람을 위한 길입니다. 나름대로 사정도 있을 것이고 하니 특별히 배려할까 합니다. 만약 본인이 싫다면 어쩔 수 없지만 말입니다."

바로 어제까지만 해도 술에 취해 있었던 그에게 있어 은우의 제안은 상당히 달콤한 것이리라.

그러나 그는 조금은 삐딱한 태도를 보인다.

"그렇지만 제가 방법을 정해도 당신들이 마음에 들지 않으면 그만 아닙니까?"

은우는 고개를 가로저었다.

"그냥 이대로 덮어둔다고 해도 어쩔 수 없습니다. 제가 그렇게 정했기 때문이죠."

분명 그에겐 둘도 없는 기회일 테지만, 결정하는 것은 쉽지가 않다.

"···일단 아들과 좀 상의를 해보는 것이 좋겠습니다."

"하지만 아드님은 충분히 대화를 할 수 없는 상태라 하지 않았습니까?"

"한 번 시도는 해봐야지요. 그때까지만 좀 시간을 주십시오."

"알겠습니다. 그렇게 하시죠."

이윽고 자리에서 일어선 그는 인사도 없이 카페문을 열고 나가 버린다.

"괜찮으시겠습니까? 저 작자를 어떻게 믿고서 그러시는 겁니까?"

은우는 이번 한 번으로 사람이 바뀔 것이라 생각하지는 않는다.

"제가 심판 대신 그런 말도 안 되는 방법을 사용하는 것은 적합하지 않은 것 같습니다. 하지만 언젠가는 저 사람과 아들이 바뀔 수는 있겠지요."

잭슨은 묵묵히 고개를 끄덕일 뿐이었다.

CHAPTER **02**
계략

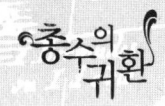

대전의 수목원, 이곳은 연인들이 데이트를 하는 장소로 유명하다.

하지만 때론 은밀한 접선을 위해 사용되기도 한다.

가족과 연인들이 2인 자전거나 4인 자전거를 끌고 돌아다니는 수목원의 정원 구석에 중년신사 한 명이 누군가를 기다리고 있었다.

"생각보다 조금 늦는군."

딱히 시간을 정해놓은 만남은 아니지만 중년인이 생각했던 것보다 상대방이 많이 늦는 모양이다.

벌써 세 시간째 이러고 서 있지만 상대방은 나타날 생각을 하지 않는다.

"아무래도 협상은 접어야 할 모양이군."

강주원을 20년 간 돌보아 온 고창석은 그의 나이 쉰이 되어서야 한 가지 깨달음을 얻게 되었다.

처음 그가 강주원을 보았을 때, 그는 어린 마음에 상처를 한 아름 안고 있는 아이였다.

그래서 마음을 더 쓰게 된 것이고 강진명 회장의 명령이 아니라도 강주원을 지켜주겠다고 굳게 다짐했었다.

하지만 지금은 그를 지키는 일의 일환으로 그를 위기에 몰아넣으려 한다.

복수도, 그렇다고 증오도 아닌 강주원의 감정은 그를 폭주시켜 걷잡을 없는 지경에 이르게 만든 것이다.

증거를 조작해서 이은우를 위기에 몰아넣는 것은 기본이요, 비행기까지 폭발시킨 것은 설마하니 생각조차 못했던 일이었다.

이 모든 것을 뒤에서 조작해 준 것은 고창석이지만 강주원을 멈추게 할 수 있는 사람 역시 고창석인 것이다.

은우가 그를 멈추게 해준다면 자신이 종신형을 살아도 좋다고 생각했고, 그를 접선하기 위해 하염없이 이곳에서 그를 기다리고 있다.

기약 없이 쪽지를 보낸 것이 벌써 일주일 전이지만, 이은우는 나타날 생각을 하지 않는다.

"오늘도 역시 허탕인가?"

잘못하면 화진그룹이라는 집단이 흔들릴 수도 있는 일이지만, 그는 그런 것쯤은 상관하지 않기로 한다.

어차피 강주원이 없어진다고 회사는 망하지 않는다.

지금까지 대한민국 에너지 업계 최고를 달려온 그들의 저력은 탄탄한 기반을 근거로 하고 있기 때문이다.

회사와 사람, 둘 중에 하나를 고른다고 한다면 그는 망설임 없이 사람을 고를 것이다.

시간은 흘러 오늘도 노을이 지고 있다.

"그만 돌아가야 할 것 같군."

조금은 씁쓸한 발걸음을 옮기던 그에게 한 청년이 다가와 말을 건다.

"저에게 했던 말이 모두 진심이었던 모양입니다."

갑작스러운 등장에도 고창석은 아무렇지도 않다는 듯 손을 내민다.

"물론이지요. 반갑습니다."

은우는 고창석의 호의적인 태도에 오히려 거부반응을 보인다.

"나를 죽이려 했던 사람을 이렇게 웃으며 마주한다는 것은 참으로 어려운 일 같습니다."

원래 은우가 그렇게 속이 좁은 사람은 아니지만, 실제로 죽었다 살아났다는 것에 부아가 치밀어 오르는 중이었다.

하지만 일단 그가 무슨 소리를 하는지 들어보기로 했던 것이다.

고창석은 어색한 미소를 지으며 손을 거두어들인다.

"하긴, 일반적으로 자신을 죽이려 한 사람과 악수를 나누지는 않지요."

"그렇게 이해해 주시니 감개가 무량하군요."

끝까지 뻐딱하게 나오는 은우를 보면서도 그는 딱히 반박할 수가 없었다.

고창석이 은우를 살해하려 했던 것은 모두 사실이기 때문이다.

야간개장을 하는 수목원의 정원 외곽을 돌며 두 사람이 본격적으로 이야기를 나눈다.

"백번 양보해서 제가 당신의 말을 믿는다고 칩시다. 한데 테러리스트와 손을 잡으라니요, 이건 어떻게 이해를 해야 할지 도통 모르겠군요."

"당연히 당장은 받아들이기 힘드실 거라는 것 잘 압니다. 하지만 당신에게도 목표가 있지 않습니까? 제가 그 목표에 더 빨리 도달하게 만들어드릴 수 있을 것 같은데, 아닙니까?"

"상부상조하자?"

"그렇습니다. 나는 부회장님을 사람으로 만들고 당신은 목표를 이루는 겁니다. 어떻습니까?"

"목적이 뚜렷한 관계라⋯⋯. 그렇다면 조금은 신뢰를 할 수도 있지요."

"그렇습니다. 뚜렷한 목적은 굳건한 동맹을 만들죠. 그런 예는 역사에서도 쉽게 찾아볼 수 있지요."

은우는 그의 말에 실소를 흘린다.

"우리끼리의 일에 무슨 역사까지 들먹입니까?"

"제가 그만큼 절박하다는 뜻으로 받아들여 주시면 감사하겠습니다."

급작스럽긴 하지만 이런 제안을 받고 쉽게 거절할 수 있는 사람이 어디 있을까?

눈에 불을 켜고 찾아다녀도 모자랄 판에 범인이 떡하니 나타나 감옥에 집어넣어 달라니, 호박이 넝쿨째 굴러들어온 격이다.

하지만 어쩐지 그가 미덥지 못한 것은 극한의 상황을 겪었기 때문일 것이다.

그러나 그로 인하여 기연을 만났으니, 그가 완전히 미운 것은 또 아니었다.

은우는 작게 고개를 끄덕인다.

"좋습니다. 미덥고 안 미덥고를 떠나서 필요에 의한 만남이라 생각하겠습니다. 그럼 우리의 관계가 훨씬 더 편안해 질 것 같군요."

"그것도 하나의 방편이긴 하지요."

조금은 껄끄러운 만남, 하지만 이 만남이 은우의 목표를 이뤄질 것은 분명한 사실이었다.

*　　*　　*

천계의 감옥은 한 번 들어가면 절대 빠져나올 수 없는 미로로 되어 있다.

미로를 설계한 장본인은 이곳을 만들어 놓고 곧바로 숨을 거두었는데, 미처 지도를 만들지 않고 세상을 떠나 버렸다.

그래서 이곳에 들어간 이들은 평생 미로 속을 헤매다 말라 죽어 버리는 것이다.

천계는 자연적인 양분이 공기 중에 떠다니기 때문에 음식을 섭취하지 않아도 충분히 죽을 때까지 버틸 수 있다.

고로, 이곳에 던져지면 평생 동안 굶어죽지도 못하고 그저 배회하는 삶으로 끝을 맺는 것이다.

실로 끔찍한 결말이 아닐 수가 없다.

이런 천계의 감옥에서 나올 수 있는 유일한 방법은 대제사장의 구원이다.

중앙회의에서 죄인을 감옥에서 **빼낸다**는 안건이 발의되어 정식으로 통과가 되면 대제사장은 죄인을 감옥에서 끄집어낸다.

하지만 이곳에 들어간 사람들은 어지간해서는 바깥세상을 다시는 보지 못하고 죽어 버렸다.

그렇기 때문에 제사장들이 에리시아를 살려둔다는 것에 흔쾌히 동의했던 것이다.

미로의 한 구석에 쪼그려 앉은 채 공포에 떨고 있는 그녀의 모습은 영락없는 중간계의 평범한 아가씨와 같아 보인다.

하나 그런 그녀를 바라보는 제사장들은 전혀 다른 생각을 하는 듯하다.

"도대체 얼마나 **뻔뻔하면** 저렇게 감쪽같이 연기를 할 수 있는지 모르겠군요."

그런 그들에게 마리우스는 고개를 젓는다.

"제가 몇 번이나 말씀드립니까? 저 여자는 지금 차원이동으로 인하여 기억이 봉인된 상태입니다. 잊으셨습니까?"

"그러니까 그건 당신 혼자만의 생각이고, 우리의 생각은 좀 다르다고 몇 번이나 말해야 알겠습니까?"

"그러니 이곳으로 끌어올려 기억을 회생시키는 것이 좋지 않겠습니까? 아무리 중간계 최강의 종족이라고는 하지만 우리 천족의 군단을 이길 수는 없습니다. 잘 아시지 않습니까?"

"우리 군단이 강력한 것은 지나가던 개도 다 아는 사실입니다만, 그것과 이것은 좀 다른 문제죠. 단순히 저 미개한 생물이 무서워서 그런 것이라면 벌써 목을 쳐도 골백번은 더 쳤을 겁니다. 하지만 중요한 것은 그게 아니죠. 강력한 마력을 가진 종족이 천계에 머물면서 이곳을 어지럽힌다는 것이죠. 안 그렇습니까?"

역시 어딘가 꽉 막힌 것 같은 제사장들의 태도는 천계의 모든 전사를 숨 막히게 만든다.

그러나 가장 정예화된 병력을 가진 군단장인 만큼 마리우스는 절대 그녀를 포기하지 않는다.

"일단 우리에게 저 여자가 중요한 것만은 확실합니다. 아직까지 제가 확증을 잡지 못했을 뿐입니다. 여러분들도 그것을 어렴풋이 알고 계시지 않습니까?"

"그거야······."

마리우스는 더 이상 말을 꺼내지 않는다.

"아무쪼록 올바른 선택하셨으면 좋겠군요."

"우리가 후회를 할 만한 일을 하는 것을 보았습니까? 장군 역시 알게 될 겁니다. 어째서 중앙회의를 우리 제사장들만이 주관할 수 있는지 말입니다."

그들의 말이 절대 틀리지는 않다.

지금까지 천족이 이만큼 번성할 수 있었던 것은 제사장들의 이기적인 생각들 때문이었다.

조화롭게 번성하면서 세상의 균형을 유지하는 것은 생각보다 어렵고 복잡하며, 궁극적으로는 절대 불가능한 일인 것이다.

어찌 보면 제사장들이야말로 진정한 애국자인지도 모를 일이다.

하지만 이제부터라도 주신이 만들어놓은 틀대로 조화를 꾀하는 대제사장과 마리우스는 그들의 주장을 굽히지 않는다.

"좀 더 멀리 보는 것은 어떻습니까? 이렇게 가다간 우리 천계까지 붕괴될 수도 있습니다."

"후후, 그러지 말라고 우리 제사장들이 있는 것 아닙니까? 그건 걱정하지 마십시오."

'그게 더 걱정이라는 겁니다.'

마리우스는 목구멍까지 차오른 말을 도로 집어삼켜 버린다.

더 이상의 대화는 갈등의 골을 깊게 만들 뿐이다.

깊게 고개를 숙인 마리우스가 금빛 날개를 펼쳐 빠르게 날아올랐다.

촤라라락!

"제사장들께 축복이 깃들기를 염원합니다."

"그대에게도 주신의 가호가 함께하기를……."

이젠 겉으로 내뱉는 인사치레도 어색하기 짝이 없지만 두 세력은 여전이 균형을 유지하려 애를 쓰고 있었다.

*   *   *

강바람이 살랑살랑 부는 한강 둔치, 은우가 서현과 함께 강변을 바라보고 있다.

서로 다시는 만날 일이 없는 사이지만 어쩐 일로 늦은 저녁을 함께 보내고 있다.

조금은 어색하고 위화감이 감도는 가운데 은우가 먼저 입을 열었다.

"긴 말은 하지 않겠어. 지금 너희가 세운 계획을 철회시킨다면 나는 절대로 너를 미워하지도, 적대하지도 않을 거야."

은우는 미련이 아닌 이성적인 감정에서 그녀를 설득하기로 했다.

만약 그녀가 이대로 루야나드로 돌아간다면 은우는 그녀와 마족을 헤치지 않으려는 심산인 것이다.

그러나 역시 그녀의 입장은 은우와는 상당히 다른 것 같다.

"…만약 내가 그렇게 쉽게 포기할 것 같았다면 너를 배신했을 것 같은가?"

벌써 말투부터 달라져 있지만, 은우는 그녀 역시 자신에게 아직 미련이 많이 남았다는 것을 누구보다도 더 잘 알고 있다.

하지만 그것을 일부러 이용해서 협상을 이끌어내지는 않는다.

그런 관계는 두 사람 모두에게 좋지 않다는 것을 너무나도 잘 알고 있기 때문이다.

"네가 그렇게 생각한다면 어쩔 수 없지. 하지만 우리 둘 모두 서로 공존할 수 있는 방법이 있다면 그쪽을 선택하는 편이 좋지 않겠어?"

"그거야 너의 입장이고 나는 다르다. 우리는… 목숨을 걸어야 하지."

이 모든 것이 은우의 탓이라고 말하지 않는 것은 그녀가 아직까지 은우를 미워하지 않는다는 뜻일 것이다.

그러나 은우는 곧바로 등을 돌려 버린다.

"알겠어. 네 생각은 잘 알았다."

이윽고 자동차로 돌아가려는 은우에게 그녀가 무언가 말을 꺼내려 몸을 움찔거렸다.

하지만 은우는 그런 그녀에게 절대 고개를 돌리지 않았다.

이미 끝난 사이, 두 사람 사이에는 이미 신뢰라는 굳건한다리가 없어져 버린 것이다.

점점 멀어지는 그를 바라보며 그녀는 고개를 푹 숙일 뿐이었다.

*   *   *

가족이라는 단어는 인간을 가장 기쁘게 하게 가장 행복하게 만드는 말이다.

하지만 은우에게 가족이란 상처일 뿐이다.

만약 은우가 누군가와 화목한 가정을 꾸린다면 모를까, 지금으로서는 가족이라는 단어가 그저 트라우마로 다가온다.

하지만 그러면서도 두꺼운 사진앨범을 버리지 못하는 것은 가식으로 만들어진 가족조차 소중한 추억을 만들어준 사람들이기 때문일 것이다.

천영그룹 총수의 집무실, 고창석이 은우를 찾아왔다.

"결정은 다 하신 겁니까?"

"물론입니다. 당신과 손을 잡는 것으로 하지요."

"탁월하신 선택입니다. 지금이 아니라면 그를 되돌릴 방법도 더는 없을지도 모릅니다."

화진그룹은 지금 은우가 벌여놓은 해킹 시도로 거의 쑥대밭이 되어버린 상태다.

고로, 지금이라면 그룹을 무너뜨리는 것도 불가능하지는 않을 것이다.

막상 손을 잡고 나니, 은우는 어째서 그가 스스로 감옥에 들어가려는 것인지 궁금해진다.

"그런데 당신은 어째서 강주원과 본인을 감옥에 집어넣고 싶은 겁니까? 속죄라면 굳이 감옥에서 할 필요는 없을 텐데요."

"이런 충격요법이 아니라면 절대로 정신을 차릴 사람이 아닙니다. 물론 당신으로부터 시작된 증오입니다만, 그 끝은 광기만 남길 뿐이지요. 당신에게 복수를 한답시고 무고한 사람들을 죽였습니다. 저는 그것으로 충분히 죄책감을 느낄 수 있을 거라 생각했습니다만, 제 생각이 틀렸던 모양입니다."

"그래서 수많은 사람이 죽었지요."

은우는 아직도 그 순간을 잊지 못한다.

고통에 찬 비명조차 질러보지 못하고 죽어간 사람들의 주검은 은우의 가슴을 미어지게 만들었다.

"잘 알고 있습니다. 만약 제가 목숨을 끊어서 속죄할 수 있다면 좋겠습니다만, 그렇게 해서는 저의 죄를 씻을 수 있을 것 같지가 않습니다. 그래서 이렇게 부탁을 드리는 겁니다."

간절한 그의 바람, 과연 그것이 이뤄질 수 있을지는 온전히 은우에게 달린 것이다.

"기왕에 하실 거라면 제대로 속죄를 하셨으면 좋겠군요. 과거에 당신이 무슨 짓을 했는지는 모릅니다만, 이번에 저지른 일은 결코 용서받을 수 없는 일이었습니다. 잘 아시죠?"

그는 무겁게 고개를 끄덕였다.

"…물론입니다. 회장님께서 저를 도와주신다면 기꺼이 제 모든 것을 버리겠습니다."

진심이 담긴 그의 속죄를 외면할 수 없어, 은우는 끝내 그와 진정으로 함께할 것을 다짐한다.

*　　*　　*

강주원이 지금까지 저지른 일을 모두 나열하자면 끝도 없을 것이고, 증거 또한 아주 희미하게 남아 있다.

그러나 비행기 폭파사건에 대한 증거는 충분히 물증을 확보할 수 있을 정도로 제대로 남아 있던 상태였다.

다만 고창석이 워낙에 용의주도하다 보니 그 증거들을 수집하기가 참으로 곤란했다.

그 첫 번째로 애초에 비행기를 어떻게 폭파시킬지 설계한 사람을 찾아내야 한다.

비행기는 출발하기 전, 철저한 정비를 거치고 결함에 대한 테스트를 하는 것이 일반적이다.

은우가 탔던 비행기 역시 별다를 바가 없었고, 비행사 측도 비행 도중 발생한 결함으로 사건을 일단락시켰다.

그만큼 사고를 일으키기 위해 판을 짜는 것이 가장 중요하다 할 수 있다.

그러나 문제는 그의 소재를 파악할 수단이 전혀 없다는 것이었다.

잭슨은 비행기사고를 교사한 장본인 아주 떨떠름한 표정으로 바라본다.

"…아무리 그래도 테러리스트와 손을 잡는 것은 좀⋯⋯."

"이쪽도 속죄를 위한 일이라고 하지 않습니까? 다시 한 번 기회를 주는 것도 나쁘지는 않다고 생각했습니다."

"회장님이 그렇게 생각하신다면야 어쩔 수 없습니다만."

"그냥 그렇게 이해해 주시면 됩니다."

마엘조 그룹에서 회장의 말은 절대적이라 할 수 있다.

자신의 생각에 절대로 이해 불가능한 일이지만 오로지 회장을 믿고 따라가는 것이다.

잭슨이야말로 은우가 가지고 있는 가장 큰 자산이라 할 수 있다.

"뭐, 아무튼 회장님께서 그렇게 말씀하시니 일단 당신을 믿어보기로 합시다."

"고맙습니다."

자신에게 고개를 숙이는 고창석에게 젝슨이 손사래를 친다.

"그러지 맙시다. 우리가 피차 인사를 주고받을 사이는 아니지 않습니까?"

은우는 질색하는 젝슨의 표정을 바라보며 쓰게 웃었다.

이윽고 자세한 청사진을 구상하기 위해 정보꾼들이 회의실로 들어섰다.

그리고 젝슨의 설명을 듣고는 오만상을 다 찌그러뜨린다.

"회장님, 아무리 그래도 우리의 적이었던 사내를 어떻게 믿습니까?"

"때론 적과 손을 잡는 것도 필요하다 말하지 않았습니까?"

"그렇기는 합니다만……."

역시 젝슨과 같은 반응을 보이지만, 결과는 같다.

"명령입니다."

"후우……! 정 그러시다면야……."

하지만 그를 바라보는 눈길 또한 역시 곱지가 못하다.

"조심하쇼. 이번 일이 끝나면 감옥에서도 무사하지 못할 테니까."

살벌한 그들의 눈길은 어지간해서는 참아낼 수조차 없는 것이다.

하지만 이런 바닥에서 평생을 구른 고창석은 그것을 묵묵히 참아낸다.

"일을 하는 동안은 저에 대한 감정은 접어주서도 됩니다. 이후의 거취는 당신들에게 맡기기로 하겠습니다."

"고, 고창석 씨!"

고문으로는 세계 최고라고 자부하는 이들에게 잘못 걸리면 죽고 싶어도 죽지 못하는 상태가 되어버린다.

그런 사실을 너무나도 잘 알면서도 그는 고개를 가로젓는다.

"어차피 미적지근한 처분으로 죄를 씻을 수 없다는 것은 익히 알고 있었습니다. 만약 조금이라도 마음에 안식을 찾을 수 있다면, 그것으로 되었습니다."

비행기 폭발을 일으킨 파렴치한이지만 나름대로 생각은 박혀 있는 듯하다.

이윽고 감정을 철저히 배제한 상태에서 회의가 시작되었다.

"비행기를 폭파시킨다는 것은 생각보다 간단하면서도 어려운 작업입니다. 비행기 자체가 고도의 첨단장비라 쉽게 결함을 만들어낼 수가 없습니다. 하지만 비행기는 지나가는 새와 부딪치는 것만으로도 추락할 수 있을 정도로 위험한 기기이기도 하지요."

폭발을 일으킨 설계도를 펼친 고창석이 개요를 설명해 나갔다.

"비행기는 동력이 끊어져도 수동으로 착륙할 수 있도록 설계되어 있습니다. 심각한 결함이 생기지 않는 한 불시착을 할 수 있다는 소리지요. 게다가 기체가 티타늄으로 되어 있어 충격에 아주 적절하게 대처할 수 있습니다."

설계도에는 우측날개에 결함을 일으켜 날개가 아예 떨어져 나가도록 소량의 C4가 묻어 있는 것을 알 수 있었다.

"무선으로 폭발을 시킬 수도 있습니다만, 그건 너무 위험한 작업입니다. 일을 치르기도 전에 공안에게 걸려 감옥행을 면치 못할 테니 말입니다."

"그럼……."

"비행기 안에는 C4를 터뜨려 줄 자살특공대가 타고 있었습니다."

장내는 순식간에 경악으로 물든다.

"오로지 이 한 방을 위해 또 한 사람을 희생했다?"

"물론 자살을 택하는 사람을 구하는 것이 쉽지는 않았지요. 그래서 이 판을 짠 설계자가 대단하다는 겁니다. 구성원은 제가 모으지만 그에 필요한 것들은 구성원들이 직접 구해 오거든요."

도대체 얼마나 철저하게 준비를 해야 미리 죽을 사람까지 구할 수 있단 말일까?

은우는 쉽사리 이해가 되지 않는다.

고창석은 상당히 무거운 표정으로 설명을 이어 나간다.

"화진그룹 부회장의 비자금은 생각보다 더 단단합니다. 갖가지 방법을 다 동원해서 챙겨놓은 돈만 5천억 원은 될 겁니다. 물론 5천억 원을 모두 자신이 가지고 있는 것은 아닙니다만, 유사시 동원할 수 있도록 조치를 취해 놓았지요."

"생각보다 더 치밀한 사람이군."

"그는 지금 이 순간을 위해 몇 년이고 준비를 했습니다. 그리고 회장직에 오르기 위해 자신을 철저히 버린 사람입니다. 더 이상 못할 것은 없을 겁니다."

은우는 어째서 고창석이 이쯤에서 강주원을 말리지 못하면 영원히 기회가 없을 것이라고 말했는지 충분히 이해를 했다.

나락의 끝까지 가 본 사람은 더 이상 떨어질 곳이 없기 때문이다.

고창석이 계속해서 설명을 이어 나간다.

"이렇게 C4가 반응을 하면 동력장치에 결함이 생기게 됩니다. 물론 이것으로 날개가 떨어져 나갈 수는 없습니다. 보시면 아시겠지만, 좌석으로 이어진 너트를 살짝 풀어놓았습니다. 비행기는 부품을 따로 만들어 조합시키는, 이를 테면 조립식입니다. 그래서 너트 하나만 풀려도 대참사가 일어나지요."

"하지만 이륙 전에 철저히 점검을 할 텐데, 어떻게 너트를 돌려놓는단 말입니까?"

"과학을 이용하면, 세상에 못할 일은 없습니다."

설계도를 가만히 살펴보던 은우는 눈을 가늘게 좁혔다.

"설마하니 좌석에서부터 구멍을 뚫어 전기 작용을 시켰다?"

"역시 수재는 다르시군요. 맞습니다. 비행기 내장에서부터 구멍을 뚫어 비행기 날개를 고정시키고 있던 너트를 전기 작용으로 아주 살짝 돌려 버렸지요. 육중하기 그지없는 날개연결 너트입니다만, 작은 용접만 떨어져도 무용지물이 되어버립니다."

아주 작정하고 달려들지 않으면 절대로 불가능한 작전이다.

"그래서 왼쪽 날개 먼저 떨어져 나간 것이군요."

"그렇습니다. 그렇게 되면 비행기는 자연스럽게 추락하게될 것이고, 절반이고 세 동강이고 산산조각이 날 수밖에 없습니다."

"흐음……."

"하지만 이것을 설계한 사람은 지금 찾을 수 없다고 하지 않았습니까?"

"물론 그렇지요. 그러나 이 사람을 찾을 수 있는 단서를 가지고 있는 여자는 찾을 수 있습니다."

"단서?"

고창석은 작은 폴라로이드 사진 한 장을 꺼냈다.

검은 생머리에 하늘거리는 원피를 입은 동양인 여성이다.

생김새를 보아하니 일본인 여자인 듯했다.

"아사히나 리코, 현재 일본 가나자와에 거주하고 있는 사람이죠."

"이 사람이 뭘 어쨌단 말입니까?"

"이 여자는 설계자의 조카입니다. 어려서부터 설계자가 거두어 키운 사람이죠."

"친조카 말입니까?"

"제가 알기론 그렇습니다만, 자세한 내막은 알 수 없지요. 하지만 설계자가 일본인이고 아사히나라는 성을 사용한다는 것으로 미뤄보아 충분한 접점이 있습니다."

정보꾼들은 고개를 갸웃거린다.

"그런데 본명까지 알고서도 그를 찾지 못하는 이유는 뭡니까?"

"아시다시피 이쪽 일을 하는 사람들은 한 사람이 몇 개의 신분증을 가지고 다니며, 진짜 그 사람의 본명이 맞는지 알 수도 없지요. 가끔은 친척들조차 그가 생판 남인지 모르는 경우도 있으니까요."

"뭐, 그건 그렇습니다만……."

고창석은 그녀의 사진 옆에 설계자의 사진을 나란히 놓으며 말했다.

"아사히나 케이지. 나이는 30대 중반으로 추정되고 있습니다. 아사히나 리코를 찾아낸 것은 본인도 모를 겁니다. 그녀는 현재 아사히나가 아니라 콘노라는 성을 사용하고 있으니까요."

"족보 꽤나 복잡한 집안이군그래."

"자세한 것은 더 알아봐야 합니다. 하지만 중요한 것은 두 사람이 가끔 동경타워에서 만남을 가져왔다는 겁니다. 그것도 무려 10년이 넘도록 말입니다."

음성녹음기를 꺼낸 고창석이 재생버튼을 눌렀다.

딸깍.

[이 사진 속의 사람을 보신 적이 있습니까?]

[으음……. 아하! 이 숙질 말입니까?]

[숙질이요? 그럼 이 여자 분이 조카란 말입니까?]

[네, 그것도 아주 사이가 좋아보였습니다. 누나의 아이라고 하던가? 아무튼 일 년에 한 번씩은 꼭 왔습니다.]

다시 녹음버튼을 누르자, 음성이 흘러나오지 않는다.

"녹음에서처럼 두 사람이 정말 숙질간이 맞는지 아닌지는 알 수 없습니다. 하지만 접점이 있는 것은 확실하지요."

"흐음……. 그럼 그녀를 직접 만나보는 것이 좋겠군요."

"그것보다는 어떻게 그의 행방을 토해내게 만드느냐 입니
다."

"일단 부딪쳐 보는 수밖에요."

어쩌면 은우를 위한 일보다는 고창석을 위한 일일 수도 있
다.

하지만 돌아가신 아버지의 얼굴이 지금도 궁금한 은우로
서는 더 이상 선택의 여지가 없었다.

"좋습니다. 우리 함께 일본으로 갑시다. 제가 직접 그녀를
만나보지요."

정보꾼들은 그런 은우를 바라보며 장난스럽게 웃었다.

"또다시 비행기가 폭발하지는 않겠지요?"

"후후, 오늘은 낙하산 하나씩 준비합시다."

조금씩 농담이 흘러나오는 것을 보니 정보꾼들의 마음이
조금은 누그러진 모양이다.

하지만 고창석과 눈이 마주치면 또다시 표정이 싸늘하게
굳는 것은 어쩔 수 없는 일이었다.

＊　　　＊　　　＊

현대와 고전이 동시에 공존하는 가나자와는 한국인 관광객들도 상당히 많이 찾는 곳이다.

　그런 가나자와여고는 근방에서도 남학생들에게 상당히 인기가 있는 학교다.

　와자지껄한 하교시간, 몇몇 용기 있는 남학생이 교문 앞을 서성이고 있다.

　남자친구가 하굣길을 함께 해주는 것은 언제나 부러움의 대상이 되곤 한다.

　리코와 친구들은 남자친구가 마중을 나온 하나를 보며 비명을 질러댄다.

　"우리 자기가 마중을 나와서……. 난 이만 가볼게!"

　"꺄악! 좋겠다!"

　펄쩍펄쩍 뛰며 부러워하는 여느 아이들과는 다르게 리코는 그저 옅은 미소만 짓고 있다.

　그런 그녀에게 친구들이 물었다.

　"리코 넌 부럽지 않아?"

　그녀는 그저 작게 고개를 끄덕일 뿐이다.

　"에이, 리코는 리액션이 약해서 재미없다니까?"

　"내가 그랬던가?"

　"맞아. 그러니까 남자들이 다가왔다가도 도망가지."

　남자로 치면 목석같은 그녀를 좋아할 남자는 그 어디에도 없을 것이다.

하지만 생각보다 놀라운 일이 벌어진다.

"저기요."

무심코 뒤를 돌아본 친구들은 훤칠한 키에 준수한 외모를 한 남자를 보며 눈을 동그랗게 뜬다.

"누, 누구……?"

그는 뒤통수를 긁적이며 리코에게 말했다.

"요 며칠 전에 한 번 봤는데, 호감이 생겼습니다. 그때는 미처 용기가 없어서 말을 못 걸었는데, 그러고 나서 며칠을 후회했는지 모릅니다."

"네, 네?! 그게 무슨……."

"지금 놓치면 후회할 것 같아서 말입니다. 괜찮으시면 저에게 잠깐 시간 좀 내어주실 수 없습니까?"

진심이 담긴 그의 고백에 리코의 얼굴에도 서서히 미소가 번진다.

친구들은 입을 가린 채 그녀의 대답을 기다린다.

이윽고 그녀가 처음으로 남자에게 OK사인을 보낸다.

"요 앞에 괜찮은 찻집이 있어요. 거기라면……."

"어머, 어머! 어떻게 해?!"

"벌써 고백을 받아들인 거야?!"

"꺄악!"

그녀의 한마디에 친구들은 아주 난리가 났다.

남자는 멋쩍은 얼굴로 그녀의 뒤를 따르기로 한다.

그러면서 친구들에게 꾸벅 고개를 숙였다.

"미안합니다만, 친구 분을 잠시만 좀 빌리겠습니다. 괜찮죠?"

친구들은 수줍은 미소를 지으면서도 흔쾌히 고개를 끄덕인다.

"괜찮아요! 마음껏 빌리세요!"

이윽고 리코의 연애를 위해 친구들이 멀어지자, 그녀는 아까와는 다른 태도를 보인다.

"혹시라도 우리 삼촌을 찾아오신 건가요?"

그녀의 감은 이 사람이 자신을 좋아해서 찾아온 것이 아니라는 것을 본능적으로 가르쳐 준 모양이다.

그제야 남자는 자신의 정체를 밝힌다.

"제가 접근한 방법이 결례를 범한 것이라면 사과드리겠습니다."

리코는 고개를 가로저었다.

"아니요, 괜찮아요. 이런 일이 어디 흔한가요?"

가볍게 농담을 하는 것을 보니 은우의 마음이 더 무겁다.

"원래는 다른 방법으로 대했어야 했는데, 친구들이 오해할까 봐서 말입니다."

"그렇게 배려해 주신 분은 당신이 처음이네요."

그녀를 찾아온 사람이 처음은 아닌 모양이다.

"또 다른 사람들이 당신을 찾아왔었습니까?"

"삼촌이 어떤 일을 하는지는 잘 몰라도 여러 사람이 삼촌을 찾아왔었어요. 물론 그때마다 만나는 것 자체를 거절하기는 했지만요."

그나마 이런 식으로 접근하지 않았다면 아예 만날 수조차 없었다는 소리다.

"한데 저는 어째서 만나주시는 겁니까? 저 역시 모르는 사람 아닙니까?"

"글쎄요, 감이라고나 할까요?"

"감이요?"

"그냥, 나쁜 사람 같지 않아서요."

진심은 알 수 없으나, 확실한 것은 그녀가 은우를 경계하지 않는 다는 것이었다.

CHAPTER **03**
어느 도망자의 이야기

아사히나 케이지에 대한 얘기는 마치 한 권의 책을 읽는 것 같은 느낌을 주었다.

16세 어린 나이로 갓난아이인 리코를 떠맡게 된 그는 어지간한 일은 죄다 해보았다고 했다.

남들은 한창 학교에서 공부하며 정상적인 교육을 받을 때, 그는 등에 아이를 업은 채 아르바이트를 전전해야 했다.

삼촌의 얘기를 하는 동안, 그녀는 마치 아버지를 떠올리는 딸처럼 굴었다.

"갓난아이 하나 건사하는 것이 뭐 얼마나 힘들겠냐고 생각했지만, 세상은 그리 만만치 않았다고 했어요. 지금도 그 얘기를 하면 진저리를 쳐요. 둘 다 굶어죽을 수는 없으니까 뼈가 빠져라 일했데요."

그녀는 케이지가 정확히 무슨 일을 하는지 알지 못한다.

하지만 막연히 자신을 키워온 삼촌은 나쁜 사람이 아닐 것이라 생각하는 모양이다.

"그렇게 열심히 일하면서도 지금까지 단 한 번도 일이 힘들다고 짜증 한 번 낸 것이 없었어요. 남들은 삼촌을 어떻게 생각하는지 몰라도, 제가 아는 삼촌은 세상에서 가장 멋있는 사람이에요. 만약 그런 남자가 있다면 지금이라도 결혼하고 싶을 정도예요."

은우는 그제야 그녀의 친구들이 어째서 그녀를 목석처럼 대했는지 이해했다.

자신의 롤모델이자 우상, 그리고 이상형인 삼촌을 따라올 남자가 이제까지 없었기 때문에 항상 반응이 미적지근했던 것이다.

이윽고 그녀는 그의 행방이 항상 묘연한 것에 대한 걱정을 털어놓았다.

"그렇지만 이따금 집을 비우는 것은 아직도 견디기 힘드네요. 밤이면 행여나 삼촌이 올까 봐 잠도 제대로 못 자기 일쑤고, 주말에는 친구들 만나러 나갈 수도 없어요."

"행여나 질부께서 돌아오실지도 모른다고 생각해서 입니까?"

묵묵히 고개를 끄덕이는 그녀, 케이지는 정말 사랑으로 그녀를 키운 모양이다.

아버지가 돌아오지 않는 딸처럼 그녀는 서운한 마음을 은우에게나마 전했다.

"한 번 나가면 연락조차 되지 않으니 걱정이 안 될 수가 없어요. 만약 저보다 먼저 삼촌을 만나면 다시는 잠적 같은 것은 하지 말아달라고 전해주세요. 저는 가난하게 살아도 삼촌과 둘이 함께 사는 편이 좋거든요."

한 번 집을 나가면 상당히 많은 돈을 벌어 오겠지만 정작 그의 유일한 가족은 전혀 행복하지 못한 듯하다.

그녀의 처지가 조금은 딱하지만 여기서 정신을 놓고 갈 수는 없다.

할 일은 태산인데 정작 일본까지 온 이유가 무색해졌기 때문이다.

"알겠습니다. 만약에 그를 찾으면 당부하도록 하겠습니다."

"고마워요."

"후후, 뭘요. 아무튼 빠른 시일 내에 질부를 만나시기 바랍니다."

"네, 그럼 안녕히 가세요."

어린 소년이 키운 아이치고는 상당히 예의가 바른 학생이다.

고개를 꾸벅 숙이는 그녀에게 은우도 같은 방식으로 인사한다.

"그럼……."

이젠 카페를 나서려는 그에게 리코가 뭔가 문득 생각이 났다는 듯 말했다.

"이게 무슨 의미인지는 잘 모르겠지만, 이게 도움이 될 것 같은데."

명함 두 장을 은우에게 건넨 그녀는 이것의 출처를 밝힌다.

"어디에 있는 곳인지 몰라도 삼촌은 항상 이곳의 명함을 가지고 다녔어요. 한데 올 때마다 명함 속 번호가 바뀌어 있었어요."

사업가는 어지간해서는 전화번호를 바꾸지 않는다.

전화번호는 사업가에게 있어 얼굴과 같은 존재고, 가장 소중한 자산이기 때문이다.

"흐음……. 명함의 번호가 계속해서 변한다? 이곳으로 연락해 본 적 있습니까?"

그녀는 고개를 가로젓는다.

"어쩐지 분위기가 좀 이상한 명함 같아서 전화를 하지 않앉어요."

우선 은우는 공중전화로 이곳에 전화를 걸어보기로 한다.

"협조 감사합니다. 경찰들조차 꺼리는 일인데 선뜻 저에게 이런 정보를 넘기다니, 오늘따라 운이 썩 좋은 모양입니다."

"뭘요, 그런 것을 가지고."

은우는 그녀에게 자신의 명함을 한 장 건넸다.

"만약 무슨 일이 생기면 연락하십시오. 작은 도움이나마 그리고 싶군요."

"그렇게 할게요."

도대체 어째서 은우를 믿은 것인지 몰라도 그녀의 말에 따라보는 것도 나쁘지는 않을 것 같다는 생각을 한다.

이윽고 찻집을 나온 은우가 공중전화기를 찾아 헤매기 시작한다.

*　　　　*　　　　*

그녀가 준 단서는 오로지 명함 두 장, 하지만 이것을 얻은 정보꾼들은 두 개씩이나 라고 말한다.

단서를 건져 온 것만으로 일본에 온 이유가 충분히 된다는 것이다.

우선 명함에 적혀 있는 전화로 연락을 해보았으나, 역시 연락이 닿지 않는다.

은우는 좀 더 고차원적으로 알아보기 시작했다.

명함에는 모두 '루시아'라고 쓰여 있었는데, 루시아라는 이름을 가진 업체가 일본에 몇 개나 있는지 알아보는 것이었다.

전화번호의 정보를 제공하는 기관이라면 이 번호가 존재했는지 알아낼 수 있을 것이지만 제아무리 정보꾼들이라고 해도 이곳까지 연이 닿지는 않는다.

이에 은우는 합법과 편법보다는 불법을 사용하기로 했다.

"어때? 할 수 있겠어?"

은우의 전화를 받은 쌍둥이 해커는 당연하다는 듯 말했다.

─물론이지! 그런 말도 안 되는 정보 빼내기 쯤이야 식은 죽 먹기지!

"그럼 좀 부탁해도 될까?"

─크큭, 다른 것은 몰라도 이렇게 가끔 소소하게 취미생활을 즐기게 해주는 것이라면 땡큐지! 한 20분만 기다려줘.

만약 상대방이 일본이 아니라 한국이었다면 20분씩이나 걸리지도 않았을 것이다.

IP를 우회해서 사용하자면 상당한 시간이 걸리기 때문이다.

대기업 전산망을 한꺼번에 날리는 일조차 취미라고 말하

는 그들의 해킹 능력은 소름이 끼칠 정도다.

20분 후, 정말 말했던 그대로 그들은 정보를 빼냈다.

—다 됐어. 생각보다 전산망이 허술한걸?

"후후, 그래? 그랬다면 다행이군."

—다행은 무슨, 너무 싱거워서 아쉬운데…….

힘이 하나도 없는 그들의 목소리, 은우는 다독이듯 말했다.

"다음에 더 좋은 기회가 있겠지."

—그렇겠지?

"당연하지. 기대해 보라고. 인생은 길잖아?"

—큭큭, 기대해 볼게.

"아무튼 오늘 건진 것은 좀 있어?"

—말했던 전화번호는 약 1년 전에 바뀌었어.

"뭐하는 가게야?"

—등록되어 있기는 술을 파는 곳이라고 되어 있긴 한데, 더이상 자세한 건 나도 모르겠어.

"하여간 술집은 확실하다는 거지?"

—아마도?

은우는 슬쩍 미소를 짓는다.

"고마워. 너희가 아니었다면 절대 알아낼 수 없었을 거야."

—큭큭, 뭘 이런 것을 가지고. 다음부터는 사라지지나 마.

갑자기 사라지면 기분이 별로 좋지 않거든.

다시 한 번 이들을 방치하는 사태가 벌어질까 두려운 마음이 들었는지, 그는 신신당부를 한다.

"하하, 절대 그럴 일 없을 거야. 그건 뭐랄까? 불가항력적인 일이 있었다고 말하고 싶군."

―알겠어. 믿을게, 보스.

"돌아가면 함께 소주 한잔하자."

이제 슬슬 술을 배우기 시작한 그들은 뛸 듯이 기뻐하며 전화를 끊는다.

이윽고 단서를 손에 쥔 은우가 신주쿠에 있다는 술집 루시아를 찾아 걸음을 옮긴다.

*   *   *

에리시아가 지하 감옥에서 홀로 보낸 시간이 벌써 한 달을 넘어서고 있다.

하지만 천족 중앙회의는 그녀를 구름정원으로 꺼내 줄 생각을 하지 않는다.

마리우스는 멀리 보이는 에리시아의 모습을 바라보며 가슴을 친다.

"내가 곧 구해주겠다……!"

아주 오래전, 두 사람은 잠깐의 정을 통한 적이 있었다.

천족의 군단장이 드래곤과 정을 통했다는 것 자체가 파면 거리이나, 아직도 그는 에리시아를 사랑하고 있다.

만약 그녀가 옛 정인이었다는 사실이 밝혀지면 그 역시 엘레니아와 같이 지상으로 쫓겨나 영생의 특권을 박탈당하게 될 것이다.

그로 인하여 인간의 생로병사를 모두 경험하며 평생을 고통 속에서 살아가야 할지도 모른다.

그러나 단 하나의 사랑, 그녀를 구할 수만 있다면 무슨 수라고 쓸 것이다.

처음 그녀가 이곳에 왔다는 소식을 들었을 때, 가슴이 내려앉는 줄 알았다.

다시는 못 볼 줄 알았던 그녀가 살아 있다는 소식은 그의 눈을 멀게 만들어 버렸다.

만약 기억을 잃은 채 지상에 머물게 된다면 그녀는 필시 위험에 처하게 될 것이 분명하다.

인간들의 욕심 역시 끝이 없고, 지금과 같은 혼란이 도래한 땅은 안정적이지 못하기 때문이다.

그래서 그는 에리시아를 일단 천계로 데려와 직접 보호하기로 했던 것이다.

하지만 그녀를 곁에 두는 것은 역시 쉬운 일이 아니었다.

제사장들의 불만을 잠재우기 위해 그녀를 지하 감옥에 집어넣을 수밖에 없었던 그는 피눈물을 삼켰다.

하염없이 미로를 배회하고 있는 그녀를 보고 있는 그의 가슴이 찢어지는 것 같다.

"미안하다…… 또 나 때문에 고통을 받는구나."

이성의 결정체인 드래곤은 평생 하나의 사랑을 한다.

그것은 종족을 번식시키고 종족의 명맥을 이어나갈 수 있는 유일한 조건인 것이다.

개체수가 극도로 적은 드래곤이 살아남자면 자식을 낳아 장성시키는데 온 힘을 기울여야 하기 때문에 부부관계는 그런 식으로 발달하게 된 것이다.

하지만 그녀는 드래곤을 사랑하지 않았고, 천족의 남자를 사랑하게 되었다.

잠깐의 사랑, 그리고 1만 년을 훌쩍 넘는 시간 동안 그녀는 철저히 혼자서 마리우스를 그리며 살아왔던 것이다.

고독과 외로움, 그녀는 그것을 중간계의 균형으로 바꾸어 생각하며 살아왔다.

그러면서 겪었을 고통은 아무도 헤아릴 수조차 없을 것이다.

만약 기억이 돌아온다고 해도 그녀가 마리우스를 예전처럼 대하지는 않을지도 모른다.

하지만 그가 할 수 있는 일이라면 심장이라도 도려내 줄 각오가 되어 있다.

그렇게 얼마나 시간을 보냈을까? 하늘에서부터 천족 전사의 날갯짓이 만드는 바람의 파공성이 들려온다.

마리우스의 부관 제이나가 날개를 접고 다가와 부복한다.

척!

"장군, 회의가 끝났다고 합니다."

덤덤하게 말하고 있지만 마리우스의 손은 서서히 떨려오고 있었다.

그 모습을 애써 외면한 제이나가 바닥을 바라보며 말했다.

"일단은 그녀를 재조사하기 위해 임시로 방면하기로 했답니다. 오늘 해가 중천으로 향하는 때 그녀를 풀어줄 계획이랍니다."

순간, 그 어느 때에도 평정심을 잃지 않던 그의 눈동자가 흔들린다.

"저, 정말인가?"

"예, 그렇습니다. 중앙회의에서 그렇게 결정 내렸고, 곧 대제사장님께서 이곳으로 오실 겁니다."

어두웠던 마리우스의 얼굴에 화색이 돌자 제이나는 부복을 한 채로 입술을 짓깨문다.

"참으로 송구스럽습니다만, 한 말씀만 드려도 되겠습니까?"

평소에 말도 별로 없는 그녀의 성격 상, 이렇게 조심스럽게 입을 열 때에는 반드시 무슨 이유가 있다.

그는 조금은 긴장된 표정이 된다.

"그렇게 하게. 무엇인가?"

"부관으로서, 장군의 부하로서 이런 말씀을 드린다는 것이 불충이라는 것은 잘 알고 있습니다만, 그래도 말씀드려야겠습니다. 지금하고 계신 일, 더 늦기 전에 그만 두시지요."

"그게 무슨 말인가? 늦기 전에 그만두라니."

"장군께서도 잘 아시지 않습니까? 드래곤과 같은 종족과 정을 통하는 것이 어떤 행위인지 말입니다."

그녀의 직언에 마리우스의 눈썹이 비대칭으로 일그러진다.

"…언제부터 알고 있었던 건가?"

"아주 오래전, 장군께서 중간계에 내려가셨던 것을 알고 있습니다. 그때부터 장군께서는 좀처럼 부인을 맞지 않으셨지요. 그러다 장군께서 한 여자의 초상을 가지고 계시다는 것을 우연치 않게 알게 되었습니다."

빛이 바래서 신성력으로 복구하지 않으면 유지할 수조차 없는 그림은 그가 가장 아끼는 보물과도 같은 물건이다.

그리고 초상화의 주인공은 바로 지금 저기 보이는 에리시아였던 것이다.

"저는 장군의 부관입니다만, 동시에 동료이기도 합니다. 제발 군단을 위해서 사사로운 감정은 버려주시지요."

3군단의 수장 마리우스는 천계에서 가장 뛰어난 전사로서 모든 천군의 우상과도 같은 존재다.

만약 그가 드래곤과 정을 통했다는 것이 알려지면 마리우스가 추방되는 것으로 끝나지 않을지도 모른다.

영웅의 추락은 빠르고, 또한 끔찍하게 마련인 것이다.

하지만 마리우스는 자신의 심장을 빼내 그녀에게 바치기로 한다.

"자네가 나를 뭐라고 생각해도 좋아. 그래, 욕하고 비난해도 나는 할 말이 없다네. 그렇지만 그녀를 지금 이대로 놓아둔다면 앞으로 남은 평생을 후회하며 살 거야. 그런 고통 속에 사느니 차라리 영생을 포기하겠어."

부복을 하고 있던 제이나가 불현듯 몸을 일으켰다.

"당신을 따르는 군사들은 다 어떻게 하실 겁니까? 사사로운 감정 때문에 그들을 전부 버리실 겁니까?"

"군사들에게는 군대라는 틀이 있다. 하지만 그녀에게는 그 아무런 틀도 없다. 지켜줄 사람도, 함께 슬퍼할 사람도 없지. 그런 불쌍한 에리시아에게 나마저 등을 돌린다면 어떻게 되겠는가?"

"…그럼 지금까지 당신을 바라보던 저는 어쩌란 말입니까?"

마리우스는 눈시울을 붉히는 제이나를 놀라서 바라본다.

"그, 그게 무슨 소리인가?"

"처음 군단에 들어와 지금까지 오로지 당신만을 바라보며 버틴 저는 어쩌란 말입니까? 장군은 항상 군단을 생각하는 사람이었지요. 저를 바라봐주지 않는 것은 괜찮습니다. 당신은 군인이고 장군이니까요. 하지만 저 여자만 바라보는 당신은 도저히 참을 수가 없습니다."

너무도 의외의 고백이었던가?

마리우스는 잠시 몸을 휘청거린다.

"…생각지도 못한 곳에서 결정타를 날리는군."

"어차피 일이 이렇게 될 것이라면 여자로서의 자존심 따위야 골백번도 더 버릴 수 있습니다. 그래서 당신이 돌아올 수 있다면 무슨 짓이라도 할 겁니다."

안색이 급격히 창백해진 마리우스가 제이나의 어깨를 부여잡는다.

"나는……. 그저 하나만 바랄 뿐이야."

간절한 그의 한마디도 그녀에겐 통하지 않는 듯하다.

"세상 모든 것을 다 바꾸어도 그것만은 안 됩니다. 그러실 수는 없는 겁니다."

이윽고 그녀가 날개를 펼쳐 활강한다.

촤락!

"저는 당신을 위해서라면 뭐든 다 할 수 있는 여자입니다. 그것만 기억해 주십시오."

순식간에 하나의 점이 되어 사라지는 그녀를 바라보는 마리우스의 가슴은 무겁기만 했다.

*　　　*　　　*

도쿄도의 신주쿠, 어느 때와 같이 젊음이 넘쳐흐른다.

왁자지껄한 분위기는 밤이 깊을수록 그 깊이를 더해간다.

그 중심에 선 은우 일행은 굳게 닫혀 버린 셔터를 바라보며 서 있었다.

철컹, 철컹!

"역시 열리지 않는군."

해킹으로 알아낸 주소는 이미 사람이 상주하지 않은 지 꽤 된 것 같은 느낌이었다.

게다가 딱히 명의를 정해놓지 않은 모양인지 사람이 없다는 흔적만 남아 있을 뿐 고지서와 같은 우편물은 하나도 쌓여 있지 않았다.

"일단 뒷길이 있는지 알아보고 혹시나 지하로 통하는 길이 있는지 알아봅시다."

은우의 의견에 따라 정보꾼들과 고창석이 혹시나 내부로

통하는 길이 있는지 건물을 돌아본다.

하지만 하나같이 고개를 가로저었다.

"길은 정문 하나뿐인 것 같은데, 그놈은 어떻게 내부와 소통을 했을까요?"

"거참, 이상한 일이네."

자물쇠로 잠그는 방식의 셔터라면 절단기로 자물쇠를 잘라내면 그만이지만 이곳의 셔터는 내부에서 버튼을 눌러 잠그는 방식이다.

만약 내부로 들어가고자 한다면 셔터를 통째로 드러내야 할 것이다.

도무지 방법이 없는 가운데, 건물 2층 창문에 한 여인의 모습이 비친다.

커튼 뒤에 숨어 은우 일행을 바라보고 있지만 은우의 감각을 벗어날 수는 없다.

그는 아직도 건물을 돌아보고 있는 일행들에게 다가서 작은 목소리로 말했다.

"지금 저 안에 누군가 있는 것 같습니다."

정보꾼으로 잔뼈가 굵은 은우의 일행은 무심결에라도 고개를 돌려 창문을 바라보지 않는다.

대신 고개만 끄덕여 그의 말을 이해했다는 뜻만 피려할 뿐이다.

"그럼 안으로 돌입하는 것으로 하고 다른 방법을 찾아봅시다. 어떻게 하면 좋겠습니까?"

고창석은 주변의 지형지물을 확인한 후 은우에게 방법을 제시한다.

"위로 안 되면 아래로 내려가는 것은 어떻습니까?"

"아래로 내려간다?"

그제야 은우와 정보꾼들은 무릎을 친다.

"하긴, 그런 방법이 있었지요."

"다만 좀……."

"하수도라고 다 똑같은 하수도겠습니까? 이곳은 만든 지 오래되었지만, 규모가 상당히 큰 하수도라서 위로 올라가는 데 그리 어렵지는 않을 겁니다."

은우는 그의 말에 따르기로 한다.

"좋습니다. 그렇게 하시죠."

다만 뜻밖에 하수도 구경을 하게 생긴 정보꾼들만 인상을 구길 뿐이었다.

*　　　*　　　*

관광객을 성공적으로 유치한 제주도 내국인 카지노가 그 규모를 확장해 가는 중이다.

처음 슬롯머신과 룰렛으로 시작한 카지노는 각종 겜블프로그램을 도입하여 내국인뿐만 아니라 제주도를 찾는 외국인 관광객들까지 자연스럽게 유치할 수 있었다.

게다가 한류열풍이 불면서 일본과 중국, 대만 등지에서 몰려드는 관광객들은 카지노의 효자노릇을 톡톡히 하고 있었다.

하지만 이런 카지노 사업에도 언제나 문제는 발생하게 마련이다.

처음 이곳을 노리고 들어왔던 와신건설에서 자꾸 클레임을 걸어오고 있었던 것이다.

게다가 폭력조직 5개를 규합하여 출범한 와신건설은 조폭들을 동원해 끝도 없이 영업방해를 조장하고 있었다.

세븐포커가 한창 진행 중인 테이블에 때아닌 난동이 벌어진다.

"에잇! 이거야 원, 맥주가 밍밍해서 도대체 뭘 어떻게 먹으라는 거야?! 지배인 불러와!"

"소, 손님! 이러시면 안 됩니다. 다른 손님들이 계시니 일단 저희와 말씀을 하시는 것이……."

"뭐? 이년이 아침에 까마귀 고기를 처먹었나, 왜 자꾸 했던 말 또 하게 만들어? 지배인 데려오라고!"

딱히 이유도 없이 벌이는 난동으로 인해 주변에 앉아 있던 관광객들이 하나둘 떠나기 시작한다.

이에 카지노를 관리하는 경호팀이 출동한다.

"잠시 저희와 함께 가시죠. 안 그러면 경찰을 부를 수도 있습니다."

"허어! 경찰?! 불러, 불러! 짭새 뜬다면 내가 쫄 줄 알아?! 오호라, 지금 내가 돈 좀 땄다고 밖에다 내다 버리려는 거지? 하긴 너희가 먹고 살자면 나 같은 일반인 뒤통수도 좀 칠 줄 알아야지. 안 그래?"

"그런 말씀은 일단 나가서……."

난동을 부리던 사내는 급기야 쥐고 있던 술병으로 경호원의 머리를 후려친다.

퍼억!

쨍그랑!

"커헉!"

"이 새끼들이 먼저 시비 건 거야! 알지?!"

사태는 점점 걷잡을 수 없는 지경에 이르고, 급기야 포커를 치러 왔던 손님이 모두 빠져나가고 만다.

경호원들은 재빨리 그를 제압하여 더 이상의 난동을 막아 내려 한다.

하지만 사내의 주먹이 어찌나 매운지, 세 명이나 되는 경호원들이 개구리처럼 쭉쭉 나가떨어진다.

퍼억!

"크헉!"

"어떤 새끼든 덤비기만 해! 아주 작살을 내줄 테니까!"

"괴, 괴물 같은 새끼…!"

경호원들이 무전기를 잡으려던 바로 그때였다.

난동을 부리던 청년 뒤로 흑사회 분파 행동대장들이 달려와 뒷덜미를 잡아챈다.

쨔드득!

"어이, 나가서 조용히 얘기하자고. 사람 말이 말 같지 않아?"

"허어! 이 새끼들이 이젠 손님한테 반말이네. 왜 치려고? 그럼 쳐, 치라고!"

이제 남은 방법은 무력으로 그를 제압하는 수밖에 없다.

어차피 주변에 남은 사람은 아무도 없으니 아주 편하게 구타할 수 있을 것이다.

하지만 카지노의 이미지를 생각하면 절대 이곳에서 손을 댈 수 없다.

아마도 이 남자는 그런 점을 노리고 일부러 경호원들을 때려눕힌 듯하다.

막상 내려오긴 했으나, 이러지도 저러지도 못하고 서 있던 흑사회 행동대장들을 대신에 보스가 나선다.

"소원대로 해주지."

"대, 대형!"

"뭐야? 이 기생오라비같이 생긴 자식은?!"

"그 주둥이를 다시는 못 놀리도록 짓이겨 주마."

순식간에 사내의 턱을 발로 걸어 차버린 왕진이 그의 멱살을 잡는다.

퍼억!

"컥!"

"제압했으니 데리고 나가서 적당히 처리해라."

"하, 하지만……."

"어차피 이대로 놓아두어봐야 우리만 손해다. 누가 한 짓인지는 뻔하니까 일단 그놈부터 처리하도록. 나머지 뿌리는 내가 직접 뽑겠다."

정도를 지나친 와신건설의 횡포에 왕진이 직접 칼을 뽑아 들기로 한다.

조금이라도 빨리 기반을 잡으려면 걸림돌이 있어서는 안 된다.

그의 곁에 서 있던 부하들에게 왕진이 명령했다.

"지금 한국에 들어와 있는 조직원들을 전부 서울로 집결시킨다."

"전부 말입니까?"

"최대한 많이 끌어 모아라. 많으면 많을수록 좋다."

"예, 알겠습니다. 최대한 긁어모으겠습니다."

지시를 내린 왕진은 곧바로 제주공항으로 향한다.

*   *   *

첨벙, 첨벙!

젊음의 거리 신주쿠에서 흘러나오는 폐수의 양은 결코 적다고 할 수 없다.

게다가 장마로 인한 홍수에 대비하여 일본의 지하수로는 상당히 큰 규모를 가지고 있다.

지하수로 지도를 탈취한 은우가 앞장서 루시아의 주방으로 통하는 맨홀을 찾아냈다.

"아마 이곳이 아닌가 싶습니다."

"흐음……. 그런 것 같군요. 용접으로 구멍을 막아놓지 않았다면 들어가는데 문제는 없을 것 같습니다."

조심스럽게 지하수로 사다리를 타고 올라간 은우가 맨홀 뚜껑을 손으로 밀어냈다.

드르륵!

행여나 아까 그 여인이 은우를 발견한다면 경찰에 신고를 할 수도 있기 때문에 최대한 신중을 기한다.

여기서부터는 미리 정해둔 수신호로 대화하기로 했다.

맨홀뚜껑을 열고 들어오니, 상당히 오래된 주방집기들이 아무렇게나 널브러져 있었다.

아마 한 2년은 치우지 않은 듯, 먼지까지 자욱하게 쌓여 있어 다소 괴기스러운 느낌도 들었다.

은우를 선두로 차례대로 맨홀을 빠져나온 일행은 두 갈래로 갈라져 이곳이 과연 무엇을 하는 곳인지 알아보기로 했다.

수신호로 짝을 맞춘 후, 세 갈래로 갈라져 집안을 수색하기 시작했다.

최대한 앞발만을 이용하여 신발소리를 죽이고 총 3층으로 된 건물의 1층부터 둘러보았다.

곳곳에 일반주류 광고가 붙어 있는 것을 보니 영업을 아예 안 하던 곳은 아닌 것 같다.

더군다나 다 마신 맥주가 상자째로 쌓여 있었고, 그 옆으로는 청주병이 굴러다니고 있었다.

고로, 이곳은 생각보단 아주 장사가 잘 되는 점포였다는 소리였다.

그런데 어째서 이런 목 좋은 점포를 그냥 비워두는 것인지 더욱더 의구심이 간다.

술병이 잔뜩 늘어져 있는 바(BAR)를 지나 2층으로 올라가니 당구대와 다트, 오락기가 보인다.

젊은이들이 맥주 한 잔 걸치고 친구들과 내기를 하기 아주 좋은 환경이었다.

만약 여유만 된다면 은우의 집에도 이런 시설을 들여놓고 싶을 정도였다.

하지만 이것도 어쩌나 오래 사용을 하지 않았으면 여기저기 거미줄이 늘어져 있었다.

2층을 수색하던 은우는 자욱하게 먼지가 쌓인 바닥에 사내의 것보다는 약간 작은 여성의 발자국이 찍혀 있는 것을 알 수 있었다.

'여기를 좀 보십시오.'

은우의 수화에 정보꾼들이 발자국을 따라 움직인다.

그녀 역시 앞발에 바짝 힘을 주고 다녔는지 앞발이 닿았을 곳이 유독 동그란 원을 그리는 듯한 자국을 남긴 것을 알 수 있었다.

그러니까 그녀는 은우의 일행이 이곳에 들어오고 나서야 자리를 옮겼다는 것이다.

처음부터 창문을 통해 상황을 지켜보면서 과연 은우와 정보꾼들이 어떻게 움직일지 전부 예상을 하고 있었던 것이다.

'혹시 일부러?'

하지만 일부러 그들을 여기까지 부르기엔 둘 사이에 접점이 없다.

자세한 것은 그녀를 찾고 나서 물어볼 문제다.

이번에는 계단을 타고 3층으로 이동했다.

끼이익……!

워낙에 오래된 나무계단이라 소리가 전혀 나지 않을 수가 없었다.

은우야 내공으로 몸을 살짝 띄워 걸으면 그만이지만, 나머지 인원들은 무공을 배워본 적도 없는 일반인들이다.

소리가 아주 안 날 수는 없다.

그러나 최대한 조심히 걸음을 옮겨 3층에 올라서자, 식사를 할 수 있는 테이블들이 정리된 상태로 놓여 있었다.

이곳에서 본 곳 중에 그나마 여기가 가장 깨끗하다는 생각이 든다.

하지만 어쩐 일인지 그녀의 모습은 보이지가 않는다.

'뭔가 좀 이상하군요. 우리가 모르는 다른 통로가 있는 것 아닙니까?'

'최소한 눈으로 보기엔 아무것도 없는데 말입니다.'

귀신에 홀리지 않는 이상 그녀가 없을 리가 없다.

바닥과 벽, 그리고 천장을 유심히 살펴보던 은우의 눈에 뭔가 이상한 점이 발견되었다.

나무로 마감한 천장의 결 중, 색이 다른 것이 있었던 것이다.

'이 위에 뭔가 있습니다. 천천히 한 번 열어보도록 합시다.'

은우를 대신해 정보꾼들 중 한 명이 천장에 나 있는 실금을 따라 손을 움직인다.

슥슥……!

손이 닿는 즉시 먼지가 쏟아져 내리지만, 그는 눈을 감은 채 작업을 멈추지 않았다.

그리고 잠시 후, 뭔가 손에 걸리는 모양인지 그가 눈을 동그랗게 뜬다.

'찾았습니다.'

'어서 열어봅시다.'

그는 동료들을 멀찌감치 떨어지도록 했다.

혹시나 이곳에서 흉기가 떨어져 내리기라도 한다면 막아낼 방법이 없었기 때문이다.

'그럼 열겠습니다.'

손가락으로 셋을 센 그가 천장과 연결되어 있는 사다리를 재빨리 내린다.

드르르륵!

그러자, 마치 기다렸다는 듯이 권총을 겨누고 있는 여성의 모습이 보인다.

"젠장……!"

"총 내려!"

덩치는 절반에도 미치지 않는 여성에게 이런 굴욕을 당하다니, 정보꾼의 체면이 말이 아닌 모양이었다.

잡혀 있는 내내 오만상을 다 찌푸리고 있었다.

함께 권총을 꺼낸 은우가 협상을 제안한다.

"나에게도 좋고 당신에게도 좋은 제안을 하나 할까 합니다만, 어떻게 생각하십니까?"

"남의 집에 다짜고짜 들이닥쳐 놓고 협상이라니, 그게 무슨 말 같지도 않은 소리지?"

흑진주를 가져다 박아놓은 듯한 눈동자에 긴 생머리, 거기에 백옥 같은 피부까지.

그야말로 절세가인이라 칭할 만한 여인이다.

하지만 매섭게 뜬 눈과 굳게 다문 입술은 아름다운 그녀의 인상을 아주 날카롭게 만들어 버린다.

"우리는 결코 당신을 해치러 온 사람이 아닙니다. 그건 당신도 잘 아시죠?"

"아까부터 말도 안 되는 소리를 자꾸 지껄이는군."

"만약 우리가 나쁜 마음을 가지고 들어올 작정이었다면 진즉에 총으로 쏴버렸겠지요. 당신은 우리가 나타난 것을 이미 알고 있지 않았습니까?"

"……"

이윽고 은우는 권총을 내린다.

"어차피 당신은 우리를 쏘지 않을 겁니다. 그렇지요?"

은우가 서서히 권총을 땅바닥에 내려놓고 두 손을 위로 들어 올리자, 동료들 역시 같은 행동을 취한다.

이로서 적대감이 없다는 것은 증명된 셈이지만, 그녀는 아직도 확신을 갖지 못한 듯하다.

"이것 하나만 묻지. 여기를 어떻게 알아낸 거지?"

"조금 복잡한 사연이 있습니다. 정부기관을 조사했더니 이곳에 대한 정보가 모두 나오지 않겠습니까?"

은우는 탁자 위에 명함을 올려놓으며 말했다.

"아사히나 케이지 씨를 찾으러 왔습니다. 물론 그를 해치거나 위해를 가하려는 것은 아닙니다."

그제야 그녀는 권총을 내려놓는다.

"그 자식은 어디를 가서도 조용히 일처리를 못하는 성격이군."

입이 상당히 거친 듯 보이지만, 그녀의 눈동자는 분명히 흔들리고 있었다.

도대체 사고 설계자라는 그의 정체는 어떨지 궁금해지는 순간이다.

CHAPTER **04**
의문의 도망자

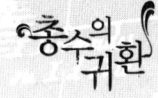

신주쿠에서 벌써 5년째 정보를 팔고 있다는 그녀의 이름은
사에코라고 했다.

"사에코 씨와 케이지 씨는 어떤 관계였습니까?"

술잔을 손에 쥔 그녀는 잠시 생각에 잠긴다.

"나와 케이지의 관계라……. 글쎄, 한 번도 깊게 생각해 본
적 없어서 잘 모르겠어. 깊게 생각하기도 전에 그는 항상 어
디론가 떠나 버리니까."

그녀에게 있어 케이지는 항구에 정박하고 있는 배와 같은
존재인 모양이다.

"언제 왔다 사라질지 모르는 남자야. 함께 있는 순간에도 이게 도무지 꿈인지 생시인지 믿겨지지 않을 때가 허다했지."

"그럼 당신은 지금도 그를 기다리고 있겠군요."

그녀는 씁쓸하게 술잔을 넘긴다.

"후후, 그럴지도 모르지. 어쩔 때는 밉다가도 어쩔 때는 미치도록 보고 싶은 사람이야. 나에겐 독한 술 같은 남자라고나 할까? 나에게 좋지 않은 남자라는 것을 알고 있지만 절대 끊을 수가 없지. 달콤함 뒤엔 언제나 고통이 숨어 있으니까."

모든 남녀사이가 그렇지만 사랑은 어떨 땐 달콤한 사탕, 또한 독이 될 수 있다.

은우는 무겁게 가라앉은 분위기를 순환시키려 말을 돌렸다.

"원래는 이곳에서 술장사를 하고 있었던 모양이군요."

그녀는 마치 사람의 손길이 더 이상 닿지 않을 것 같은 술집을 둘러본다.

"후후, 원래는 그랬지. 하지만 사랑이라는 것이 사람을 무기력하게 만들더군."

그는 정말 그녀에게 있어 백해무익한 사람이었을지도 모른다.

하지만 그녀는 그런 그를 절대로 원망하지 않는다.

"듣기로는 중국 어디로 떠났다고 하던데 부디 죽지만 않았으면 좋겠어. 이번에는 가스폭발사고를 설계한다고 하던데, 대역을 사용할 수 없는 일이라고 하더군."

그녀는 이렇게 흘리듯, 은우가 원하는 대답을 주었다.

이마에 총까지 겨누던 그녀가 맞는지 싶기도 하다.

"우리가 당신을 해치려 하지 않았다는 것은 짐작으로 알았다고 해도 어째서 그런 정보까지 쉽사리 건네주시는 겁니까?"

"내 얘기를 들어주는 대가라고 해두지. 원래 술장사와 정보장사는 남의 얘기를 많이 들어줘야 하거든. 그래서 내 얘기를 할 곳이 없어."

홀로 지내며 남의 사연만 줄곧 들어왔던 그녀는 사람과의 대화가 간절했던 것이다.

시간이 조금 지체되는 감이 있지만 은우는 이곳에서 그녀와의 시간을 좀 더 보내기로 한다.

인간이 살아가는데 있어 어울림은 꽤나 좋은 작용을 하기 때문이다.

"이렇게 된 김에 술이나 한잔하고 가시죠."

그녀의 고독을 조금이나마 곁눈질로 느끼고 있던 일행들 역시 바에 다가와 앉았다.

"좋습니다. 까짓것 이깟 술 조금 마신다고 죽겠습니까? 저도 한 잔 주시죠."

"저는 마티니 더블로."

"후후, 미리 말해두지만 우리 가게 술값은 은근히 비싸다고. 명심했으면 좋겠군."

"값이야 얼마가 나오면 어때? 술이 있으면 그만이지."

피도 눈물도 없을 것 같은 정보꾼들 역시 가슴속엔 인간적인 면을 안고 살아가는 사람들이었다.

그 무엇도 바라지 않는 술자리가 무르익어 간다.

*   *   *

거나하게 술에 취한 정보꾼들과 함께 비행기를 타고 중국으로 건너온 은우는 주변에서 풍겨오는 술 냄새 때문에 정신을 차리지 못할 지경이었다.

"우욱! 머리가 지끈거리는군……!"

"어쩐지, 공짜 술이라고 너무 퍼마신다고 했습니다. 다들 괜찮습니까?"

그녀가 말했던 술값은 고통이었던 것이다.

그러니까 그들은 세상에서 가장 비싼 값을 주고 술을 마신 셈이 되는 것이다.

"…다음부터는 그런 부류의 여자와 절대로 술을 마시지 않겠어."

나름대로 말술이라고 자부하던 그들 역시 감당하기 힘든 그녀는 멀쩡한 얼굴로 일행들을 배웅하기까지 했다.

진정한 주당은 그 모습을 드러내지 않는 모양이다.

숙취로 괴로워하던 일행은 놀랍게도 비행기에서 내리자마자 언제 그랬냐는 듯이 멀쩡한 얼굴로 걸어 다닌다.

중국에 깔려 있는 자신들의 정보통을 이용해 폭발사고가 일어날 만한 가능성이 있는 곳을 찾아보기 시작한다.

역시 정신력 하나로 지금까지 이 바닥에서 버텨온 저력이 여실히 드러나는 순간이다.

신기하면서도 놀라운 광경에 웃음을 짓던 은우 역시 최선을 다해 케이지를 추적하기 시작한다.

*   *   *

아르바트 나이트클럽이 벌써 두 개째 줄줄이 습격을 받는 바람에 러시아 마피아 제노베스는 잔뜩 약이 오른 상태였다.

제노베스의 보스 알렉산드로는 난장판이 된 나이트클럽을 둘러보며 고개를 가로젓는다.

"도대체 어떤 괴물 같은 자식이 이따위 짓거리를 해놓았단 말인가?"

"아직 정체에 대해 수배된 것은 없습니다만, 사람 같지 않은 놈인 것만은 확실합니다."

CCTV에 찍힌 그의 저력은 눈으로 보고도 믿기지 않을 정도였다.

맨손으로 100명이 넘는 조직원을 쓸어버리지 않나, 맨몸으로 벽을 뚫지를 않나, 마치 SF영화를 보는 듯한 착각이 들 지경이었다.

"혹시나 베르스가에서 해결사를 보냈을 가능성은?"

평생을 숙적으로 지내온 베르스 가문은 아직까지 이권다툼을 벌이는 조직이었다.

아르바트의 나이트클럽은 마약유통의 중심지라고 불릴 만큼 노른자 땅이기 때문에 러시아의 모든 마피아가 노리는 곳이었다.

베르스가 역시 아르바트를 호시탐탐 노리고 있었기 때문에 습격이라는 것은 상당히 가능성이 높은 가설이다.

"워낙에 민감한 사안이라 조심스럽게 접근하고 있습니다만, 아무래도 베르스 가문은 아닌 것 같습니다. 지금 정부에서 지하산업에 대한 단속을 강화하고 있는 실정에 이런 분란을 일으켜 일을 크게 만들 정도로 그들이 바보는 아니기 때문입니다."

"흐음……. 그럼 도대체 누가 이런 말도 안 되는 짓

을……."

벽을 뚫고 다니는 놀라운 능력은 아무래도 좋다.

과연 그가 무슨 목적으로 조직의 기반시설을 모조리 부수고 다니느냐는 것이었다.

"만약 뚜렷한 목적이 있었다면 그의 정체를 알아내는 것이 그렇게 어렵지 않을 겁니다만, 그렇지도 않다는 것이 문제입니다. 이대로 가다간 조직이 모두 거덜 날 겁니다."

더 늦기 전에 일을 마무리 짓지 않으면 조직이 와해되는 최악의 상황이 도래할 수도 있다는 뜻이었다.

"얼마가 들어도 좋으니 그 자식이 뭐하는 놈인지 알아보도록."

"예, 알겠습니다."

마른하늘에 날벼락도 아니고 때아닌 횡포로 머리가 지끈거린다.

클럽을 나서기 위해 알렉산드로가 계단을 오르던 바로 그때였다.

퍼억!

"크헉!"

피를 흩뿌리며 계단을 데굴데굴 굴러 내려온 조직원이 정신을 잃고 만다.

사납게 눈을 뜬 알렉산드로가 권총을 뽑아 든다.

"어떤 새끼야?!"

여차하면 머리통을 날려 버리겠다는 기세로 방아쇠를 쥔 그에게 난동꾼이 정체를 드러낸다.

"이런 허술한 자식들로 조직을 이끌어 나가겠다니, 용기가 가상하군."

눈을 가늘게 좁힌 알렉산드로는 그의 정체를 충분히 짐작할 수 있었다.

보스를 건드린다는 것은 조직 전체와의 전면전을 뜻하는 말이기도 하다.

그런 엄청난 일을 혈혈단신으로 계획할 수 있는 사람은 오로지 단 한 사람뿐이다.

권총으로 머리를 조준한 알렉산드로가 긴장된 표정으로 물었다.

"도대체 우리에게 이러는 이유가 무엇인가? 돈을 바라는 건가?"

도무지 정상적인 방법으로는 제지할 도리가 없는 그에게 알렉산드로는 협상을 유도한다.

하지만 그는 협상을 받아들일 생각이 전혀 없는 듯하다.

"제가 이 자리에서 할복을 하고 죽는다면 더 이상 조직을 건드리지 않을지도 모르지."

"뭐, 뭐라고?! 저 빌어먹을 새끼를 보았나?!"

참다못한 그의 부하가 난동꾼에게 방아쇠를 당겼다.

탕탕탕!

순간, 놀라운 일이 벌어지고 만다.

팅팅팅!

"초, 총알이 박히지 않아?!"

분명 총알이 정확하게 날아가 박혔지만, 그는 총알을 모조리 튕겨내고 있었다.

마치 강화철판에 대고 사격을 하는 느낌이었다.

슬쩍 미소를 지은 그는 고개를 좌우로 꺾으며 몸을 푼다.

뚜둑, 뚜둑!

"그딴 장난감 따위로 이 몸에 상처 하나 낼 수 있을 것 같은가? 후후, 역시 하등한 생물은 뭔가 달라도 다르군."

이윽고 엄청난 기세로 달려든 난동꾼이 그의 머리를 잡아 벽을 때려 부순다.

콰앙!

"크헉……!"

다행이도 턱 부근이 부딪치는 바람에 머리가 깨지는 사태는 면할 수 있었지만, 턱이 산산조각 나 버렸다.

화면이 아닌 실제로 그의 괴력을 지켜본 알렉산드로로서는 도저히 믿을 수가 없었다.

세상에 그 어떤 사람이 맨손으로 벽을 부술 수 있단 말인가?

"사, 사람이 아닌가?!"

"후후, 보는 눈은 있군."

정신을 잃어버린 그를 구석으로 집어던진 난동꾼이 알렉산드로가 쥐고 있던 권총을 낚아채 맨손으로 총구를 구부려 버린다.

끼이이익……!

이젠 자신의 몸을 보호할 무기조차 없어진 그는 입술을 짓깨문다.

"허업!"

러시아 특수부대에서 생활하던 시절에 갈고 닦은 그의 격투기 실력은 가히 수준급이었다.

종합격투기 선수들과 스파링을 붙어도 절대 지지 않을 정도의 수준이었지만, 이 괴물 같은 남자에게는 전혀 통하지 않는 듯했다.

왼손으로 잽, 그리고 스트레이트로 오른손 주먹을 날린 알렉산드로가 타격의 방향을 바꾸어 오금을 손으로 잡아 넘어뜨리기 위해 몸을 깊숙이 숙였다.

그러자, 그는 가소롭다는 듯이 무릎을 올린다.

퍼억!

"크헉!"

"그따위 애들 장난질에 내가 당할 것이라 생각했나?"

분명 날아오는 주먹을 손으로 막았건만, 어떻게 숄더태클을 예상할 수 있었던 말인가?

한차례 얼굴을 얻어맞은 알렉산드로가 이번에는 자리에서 일어나는 반동을 이용해 하이킥을 날린다.

부웅!

주먹과 비교해도 전혀 뒤처지지 않는 속도이건만, 이번에도 그는 공격을 너무 가볍게 저지시킨다.

발이 허리높이까지 올라오기도 전에 발바닥으로 저지해 버린다.

턱!

"이, 이런……!"

"후후, 이런 것을 두고 하늘과 땅 차이라고 말하는 것이다. 알겠나?"

이번에는 알렉산드로의 왼발이 그의 오른발을 밟아 몸이 단단히 고정되고 만다.

"허, 허엇!"

"시원하게 두들겨 맞다 보면 네가 어떤 사람이었는지 아마 아주 잘 알게 될 거다."

이윽고 그의 무차별적인 구타가 시작된다.

퍽퍽퍽퍽!

"컥!"

정면을 막으면 측면이, 측면을 막으면 턱이 비는 악순환이 계속되어 가드가 무용지물이 되어버린다.

바닥에는 그의 선혈과 함께 어금니들이 돌아다니기 시작했다.

이대로라면 두들겨 맞다 과다출혈로 죽어도 전혀 이상하지 않을 지경이다.

"헉, 헉……! 그, 그만……!"

"그만이라니, 이제 시작도 하지 않았는데 무슨 말인가? 그럼 내가 너무 섭섭하지."

악랄한 그의 미소는 마치 지옥 불을 뚫고 올라온 악마를 보는 듯했다.

차라리 이리저리 굴러다니며 맞으면 쉴 새라도 있을 것인데, 가만히 서서 두들겨 맞는 것은 쉴 틈조차 없었다.

그 자리에 서서 그는 또다시 무자비한 구타를 당한다.

퍽퍽퍽퍽!

"크허어억!"

계속해서 안면부에 쏟아져 내리던 주먹질은 방향을 바꾸어 복부를 강타한다.

퍼억!

우두둑!

"쿨럭!"

늑골이 부러지며 반으로 쪼개진 뼈가 폐를 찌르고 들어온다.

푸욱!

"크허억!"

구멍이 난 폐가 제 기능을 하지 못해 자꾸만 호흡곤란이 찾아왔다.

"허억, 허억……!"

서서히 허물어지는 그의 몸을 바라보며 난동꾼이 말했다.

"내가 바라는 것이 무엇이냐 물었나? 나는 네가 내 부하가되기를 바라고 있다. 만약 그것이 싫다면 기꺼이 죽음을 선사해주지."

"흐어어억……."

급기야 알렉산드로는 과다출혈로 정신을 잃고 말았다.

*   *   *

고층건물이 즐비한 상하이 동방명주의 한복판, 한 사내가망원경으로 45층 예경그룹 본사를 바라보고 있다.

귀에는 마이크로이어폰이 달려 있는데, 누군가와 끊임없이 교신을 하고 있다.

ㅡ그곳의 상황은 어떠한가?

"이상 없다. 그런데 설계는 확실한 거지?"

—후후, 걱정하지 마라. 이 몸이 실패하는 설계는 절대 있을 수가 없으니까.

오늘 이들이 저지르려하는 일은 적게는 수백, 많게는 수천 명이 죽어나갈 수 있는 일이다.

"폭파한다는 곳이 몇 층이었지?"

—자꾸 까먹는군. 2층이라고 도대체 몇 번을 말하는 건가?

"아아, 그랬지. 요즘 내가 기억이 자꾸 왔다 갔다 하는군."

—아무래도 치매검사를 좀 해볼 필요가 있겠어. 이래서야 온전히 닻지 역할을 해주겠어?

"큭큭, 못 미더우면 다른 사람 찾든지."

—후우……. 마음 같아서야 그러고 싶지. 하지만 그러자면 시간과 돈이 한두 푼 드는 것이 아니니 문제 아닌가?

"…진심이야?"

—말끝 흐리지 마라. 징그러워서 토할 것 같으니까.

이렇게 일상적이고 장난기 넘치는 대화가 과연 대형 테러를 앞둔 사람들에게서 나올 법한 대화란 말인가?

일반인들은 절대로 이들을 이해할 수 없을 것이다.

하지만 거꾸로 생각해 보면 오래도록 한 가지 일을 해오다 보면 뭐든지 여유가 생기는 법이다.

이들 역시 테러를 업으로 살아오는 사람들로서, 이것은 그냥 일상적인 '업무'일 뿐이다.

지겹고 힘든 일을 견뎌내기 가장 좋은 것은 대화와 농담이다.

그들에게 테러는 바로 지겹고 힘든 일상생활일 뿐인 것이다.

손목시계를 한 번 쳐다본 사내가 발신버튼을 누른다.

"2층에 유동인구가 눈에 띄게 줄었다. 지금이 딱 적기인 것 같군."

─알겠다. 지금 당장 작업에 들어가도록 하지.

"그럼 나는 차를 준비해서 1층에서 대기하겠다."

─후후, 행운을 빈다.

"허어! 누가 할 소리를······!"

이들의 계획은 이러하다.

대기업의 점심시간은 대부분 12시로 정해져 있다.

고로 점심시간에는 회사에 사람이 별로 없다는 소리다.

점심을 먹지 못한 채 밀린 업무를 하거나 보안과 경비부서를 제외하면 대부분 밖에서 식사를 하기 때문이다.

폭발설계자는 그 찰나의 시간을 이용하여 2층 기둥 네 개에 소이폭탄을 설치한다.

일주일 전에 건물 기둥 내부에 탄을 설치하였기 때문에 전기 작용만 주면 폭탄은 100% 폭발할 것이다.

그렇게 되면 철근과 콘크리트가 소이작용으로 인하여 녹아내리고, 마치 부실공사로 인하여 건물이 무너져 내리는 것처럼 보일 것이다.

한마디로 사고는 일어났는데 용의자는 없는, 자연적인 붕괴가 일어나게 되는 셈이다.

이렇듯, 잘못해서 한 곳만 삐끗해도 목숨이 왔다 갔다 하는 상황에서 농담이라니, 어지간히 강심장이 아니면 절대 불가능한 일이다.

하지만 이들에게 테러는 직업, 어쩌면 당연한 일인지도 모른다.

선글라스를 꾹 눌러 쓴 사내는 재빨리 자동차를 몰아 1층 현관으로 향한다.

부아아아앙!

자동차가 미끄러지듯 건물 1층 앞에 섰고, 사람들은 별 감흥없이 그를 바라본다.

"후후, 잠시 후면 혼비백산하게 될 거다."

그는 재미있는 구경을 할 생각에 벌써부터 신났다는 표정이다.

이젠 출발 준비만 하고 있다 그를 픽업해서 이곳을 빠져나가면 작업은 끝이다.

남은 시간은 30초, 이제 건물이 슬슬 흔들리고 설계자가 허겁지겁 뛰쳐나올 것이다.

"흐음……. 오늘 저녁엔 뭘 먹고 마시나? 역시 중국에서는 닭고기인가?"

일을 끝내고 시원한 맥주에 닭고기를 먹을 생각에 그의 기분이 한층 좋아졌다.

하지만 시간이 점점 흐를수록 그의 표정이 점점 굳어지기 시작한다.

약속된 시간이 지났음에도 작전은 시작될 생각을 하지 않았던 것이다.

그는 다급하게 발신버튼을 누른다.

"이봐! 어떻게 된 거야?!"

─…….

대답이 없다. 이런 경우 백발백중 무슨 일이 생긴 것이 분명하다.

자동차에서 내린 사내가 거칠게 문을 닫는다.

쾅!

"제기랄! 어이, 케이지! 케이지!"

─…….

아무리 이름을 불러도 그는 여전히 대답하지 않는다.

이제 그는 선택을 해야 한다. 그를 버리고 이곳을 뜰지, 아니면 무슨 일이 생긴 것인지 확인하고 그를 구해줄지 판단을 해야 하는 것이다.

"이런 병신! 설계가 그렇게 자신 있다고 하더니만!"

뒤에서 상황을 지켜보며 설계자를 보조하고 제 2의 위험이 그를 보호하는 것이 바로 감시자 '닷지' 의 역할이다.

그러나 통상 이런 경우, 닷지는 설계자를 버리고 잠적하는 것이 대부분이다.

만약 여기서 일이 잘못되기라도 한다면 두 사람이 모두 경찰에 붙잡힐 수도 있기 때문이다.

그렇게 되면 의뢰인의 신상이 드러날 수도 있는 것이고, 두 사람이 함께 가담했음으로 형량이 더 무거워 질 수도 있기 때문이다.

하지만 그는 닷지로서의 입장을 까맣게 잊었는지, 바로 건물 2층으로 뛰어 올라간다.

비상구를 열고 미친 듯이 2층을 향해 달려가던 그는 허겁지겁 비상구 출구 손잡이를 잡아 당겼다.

철컹!

"케이지……."

퍼억!

"커헉!"

문을 열자마자 그의 눈앞에 보인 것은 건물 복도가 아니라 반짝반짝거리는 별이었다.

"잡았네, 이 미꾸라지 같은 새끼."

건장한 체구의 러시아 남자들의 주먹에 맞은 그가 저 멀리 나가 떨어져 1층까지 데굴데굴 굴러 떨어진다.

쿵쿵쿵쿵!

"컥컥컥컥!"

무방비로 계단을 구르다 보니 팔꿈치와 허리가 모두 정상이 아니었다.

당장은 자리에서 일어나지도 못할 상황이 되었음에도 그는 본능적으로 몸을 움직인다.

"허억, 허억!"

간신히 난간을 잡고 일어선 그가 힘겹게 한 걸음 한 걸음씩 발을 뗀다.

그러나 러시아 사내들은 무려 건물 1층 높이의 계단을 한꺼번에 뛰어넘는다.

쿵!

부드럽게 착지한 그들이 슬그머니 미소를 지었다.

"후후, 벌써 도망가면 어떻게 하나? 그러고도 닷지야?"

온몸 뼈마디마디가 다 비명을 지르는 통에 제대로 서 있기도 힘든 상황에 협박이라니, 정신이 하나도 없다.

"헉, 헉! 도, 도대체 정체가 뭐야?!"

"쯧쯧, 아직도 버럭 소리를 지를 힘이 남아 있다니, 유감이군. 만약 여기서 적당히 백기를 들면 살려주려 했더니 안 되겠군."

"사, 살려주려 했다니, 그렇다면……."

"상황 봐서 살가죽을 벗겨서 핸드백을 만들 수도 있다는 소리지."

듣기만 해도 끔찍한 소리를 저렇게 얼굴색 하나 변하지 않고 할 수 있다니, 놀라울 따름이다.

하지만 잠시 후, 더욱더 놀라운 일이 벌어진다.

2층 비상계단에서 손발이 묶인 케이지가 뚝하고 떨어져 내린 것이다.

쿵!

"우웁!"

몸을 침낭으로 둘둘 말아놓아 다행이 뼈가 부러지거나 죽지는 않았다.

하지만 그의 눈동자는 죽음보다 더 끔찍한 공포로 물들어 있었다.

잠시 후, 그를 따라서 한 사내가 뛰어내려 살며시 착지한다.

어찌나 몸이 빠르고 날렵한지, 그 높은 계단을 한 번에 뛰어넘어도 작은 소리조차 나지 않는다.

"젠장……!"

20대 중반으로 보이는 청년은 두 사람을 바라보며 피식 실소를 흘렸다.

"깡다구도 좋지, 어떻게 둘이서 이 큰 건물을 무너뜨릴 생각을 했지?"

"큭큭! 그러게 말입니다. 도대체 염통을 무엇으로 만들었기에 이런 건지 모르겠군요."

"뭐, 두들겨 패다 보면 답이 나오겠지요. 끌고 갑시다."

"예, 알겠습니다."

러시아 남자들에게 붙잡힌 두 사람은 속절없이 건물 밖으로 끌려나올 수밖에 없었다.

질질 끌려 밖으로 나오자, 흰색 승합차가 그들을 싣기 위해 대기하고 있었다.

아예 처음부터 이들이 사고를 칠 것이라는 것을 마치 예상이라도 하고 있었다는 듯한 상황이었다.

이윽고 차문이 열리며 또 다른 남자가 모습을 드러낸다.

"고생 많으셨습니다."

손발이 묶인 두 사람은 그를 바라보자마자 경악하고 만다.

"고, 고창석!"

"후후, 오랜만입니다. 그렇죠?"

"이, 이런 개새끼! 이렇게 뒤통수를 쳐?! 도대체 얼마를 받아쳐먹은 거야?!"

"글쎄요. 곧 죽을 양반들이 말은 많군요. 일단 싣고 가시죠."

이대로라면 반드시 십중팔구 죽을 것이 분명하다.

순간, 두 사람은 미친 듯이 발버둥치기 시작한다.

"아, 안 돼! 사람 살려!"

그러나 그의 외마디 비명이 밖으로 새어 나가기도 전에 자동차가 먼저 출발한다.

부아아아앙!

"이런 씨바알!"

어금니가 부러지도록 거칠게 반항을 해보았자 소용이 없다.

보다 못한 러시아인들이 진정제와 흰색 가루를 섞어 두 사람의 목덜미에 골고루 나누어 찔러준다.

푸욱!

"흐어어어······."

"흐흐, 어때? 최고급 필로폰이라고. 어디 가서 그런 물건 구하지도 못해. 영광으로 알아."

점점 흐려지는 시야 사이로 시시덕거리는 그들의 모습이 보인다.

"···씨발 새끼들······."

이윽고 두 사람은 완전히 정신을 잃고 말았다.

                    *   *   *

　파도가 일렁이는 동해의 한가운데, 폭발설계자 케이지와 그의 동료 마르코를 태운 대형 요트가 한국을 향해 순항을 거듭하고 있다.

　세계 일주를 위해 만들어진 대형요트는 아무리 거친 비바람이 불어도 좌초되지 않도록 설계되었다.

　그래서 중국에서 한국으로 돌아가는 대장정도 거뜬히 이겨낼 수 있는 것이다.

　은우는 요트 선미에 서서 망망대해를 바라보고 있었다.

　"흐음…… 동해가 이렇게 아름다운 곳이었나?"

　태어나 이렇게 자세히 바다를 들여다 본 적이 있기는 했었던가?

　새삼 끝도 없이 펼쳐진 수평선이 무척이나 매력적으로 보인다.

　잠시 감상에 젖어 있던 그에게 정보꾼들이 다가왔다.

　"회장님, 놈들이 아주 보통이 아닙니다. 끝까지 협조하지 않겠다고 난리입니다."

　은우는 살며시 고개를 가로젓는다.

　"어지간한 놈들이군요. 어쩔 수 없지, 제가 직접 하겠습니다."

"그러시겠습니까?"

젝슨이 사사해준 자백유도기술은 가히 절대적이라 할 수 있을 정도다.

사람이라면 그가 알려준 대로 해서 절대로 사실을 말하지 않을 수 없을 것이다.

두 팔을 걷어 부친 은우가 요트 지하실로 향한다.

"허억, 허억……!"

피떡이 된 두 사람이 거친 숨을 몰아쉬는 가운데, 은우가 근방에서 뾰족한 물건을 찾는다.

"흐음……. 뭐가 괜찮으려나?"

"주, 죽이려면 차라리 죽여라! 차라리 죽으면 죽었지, 나는 너희와 협상하지 않을 거니까!"

은우는 구석에 놓여 있던 젓가락 한 쌍을 발견하고는 슬그머니 미소를 지었다.

"과연 그 말이 어디까지 가는지 한 번 두고 보겠어."

요트는 자가발전으로 동력을 조달하는데, 풍력과 태양열이다.

그밖에 디젤엔진으로 엔진을 돌리기도 하지만, 대부분 자연적으로 생성되는 에너지로 동력을 해결한다.

고로, 이곳에는 지상의 건물에 버금가는 전력이 존재한다는 소리다.

　은우는 젓가락에 전선을 감아 충분히 전기가 흐르도록 만들었다.

　"어금니 꽉 깨물어라. 잘못하면 혀 말린다."

　"도, 도대체 무슨……."

　공포로 물든 그의 표정을 바라보며 은우가 젓가락을 허벅지에 찔러 넣는다.

　푸욱!

　"크, 크헉!"

　그리고는 전기 스위치의 동작버튼을 누른다.

　위이이이잉!

　탁탁탁!

　전기가 스파크를 만들어내며 서서히 허벅지를 타고 온몸을 돌아다니기 시작한다.

　치지지지직!

　"크아아아아아아악!"

　머리가 삐쭉삐쭉 서는 엄청난 고통, 그는 급기야 바지에 오줌을 지리고 만다.

　쉬이이이익……!

　기절하지 않은 것이 다행, 그는 진저리를 친다.

　"그, 그만!"

"후후, 이대로 그만하면 옆 사람이 불 것 같아? 아니, 그렇지 않을 것 같은데?"

"자, 잠깐……!"

은우는 곧바로 다시 스위치를 누른다.

치지지지지지지직!"

"크아아아아악! 씨바아알!"

목청껏 소리를 지르던 그는 끝내 눈을 까뒤집으려 한다.

그러자, 은우는 전기를 내리고 그 위에 물을 붓는다.

촤락!

희미해지던 정신이 찬물 한 번에 번쩍 돌아온다.

"흐어억!"

은우는 그런 그의 어깨에 손을 올리며 말했다.

"어때? 아직도 협조할 생각이 없어?"

"이, 이런 개새끼……!"

"오호라, 아직까지 욕 할 힘이 남아 있다 이거지? 좋아, 그렇게 미치고 싶다면 소원대로 해줘야지."

"아, 아니 잠깐……!"

그의 의견은 중요하지 않다는 듯, 은우가 다시 전기 스위치를 누른다.

치지지지지지직!

"크허어어어억!"

이번에는 보일러에 들어가는 동력으로, 가장 와트수가 높다.

잘못하면 쇼크로 인해 사망에 이를 수도 있을 정도의 수치다.

그러나 은우가 적절히 완급조절을 해가면서 전기를 흘리는 통에 그의 정신은 온전히 붙어 또렷하게 감각을 느끼는 중이었다.

"사, 사람 살려! 크아아악!"

이 모습을 옆에서 바라보는 동료의 마음은 까맣게 타들어만 간다.

급기야 마르코가 버럭 소리쳤다.

"조, 좋아! 협조하겠다!"

"진심인가?"

전기를 내리지 않은 채 답하는 은우에게 마르코가 몸부림을 친다.

"그렇다니까! 그러니 그만 전기를 내려줘!"

다소 놀란 듯한 표정이지만, 케이지의 얼굴이 조금은 핀 것같다.

그제야 은우는 전기를 내려 원상태로 만들어주었다.

"허억, 허억……!"

은우는 젓가락을 뽑아낸 후에 두 사람에게 말했다.

"그러게 왜 사람이 한 번 말을 하면 도통 들을 생각을 하지 않아? 그러니까 이 난리가 벌어진 것 아니겠어?"

피도 눈물도 없는 이들의 손속에 당해낼 재간이 없던 두 사람은 결국 백기를 든다.

"…시키는 것은 뭐든 할 테니 제발 고문 좀 그만합시다."

"이제야 말이 좀 통하는군. 진즉 그랬으면 술 한잔하면서 사업얘기도 좀 하고, 얼마나 좋아?"

해맑은 은우의 표정이 더욱더 미운 모양이다.

두 사람은 떨떠름한 태도로 일관한다.

일이야 어찌 되었던 두 사람을 포섭하는데 성공한 은우는 곧바로 서울로 향한다.

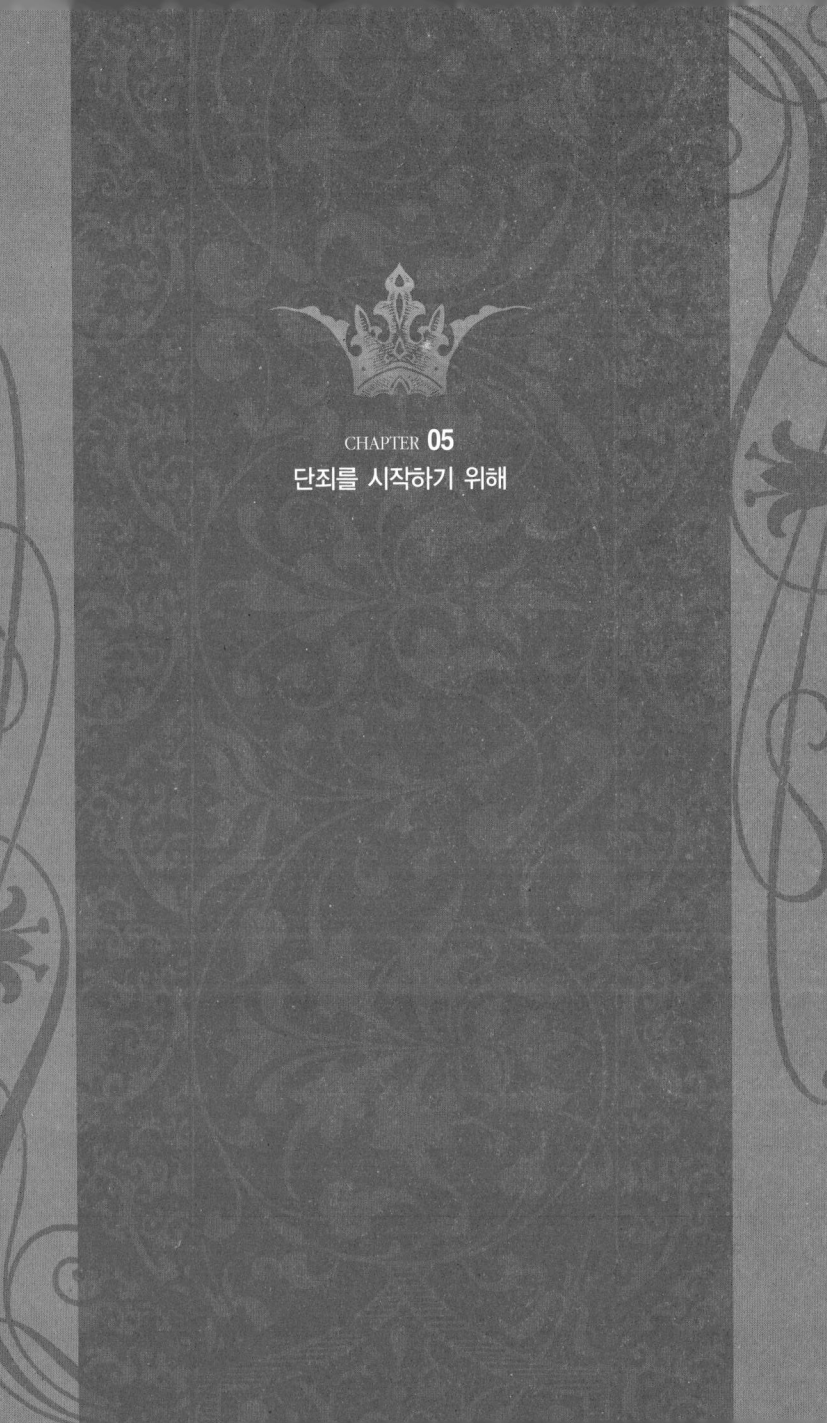

CHAPTER **05**
단죄를 시작하기 위해

만신창이가 된 케이지와 마르코는 은우가 손을 슬쩍 올리는 것만으로도 움찔거리는 지경이 되었다.

은우가 소유하고 있는 별장에 머물게 된 두 사람은 협상조건이 별로 마음에 들지 않는지, 여전히 표정이 굳어 있었다.

"아무리 그렇다고 우리가 직업까지 버리며 감옥에 들어갈 필요는 없지 않겠습니까?"

"그래서 싫어?"

"아니, 꼭 그렇다는 것은 아니지만……."

은우가 제안한 조건은 이러했다.

비행기폭발에 일조한 사람들을 모조리 찾아내 그들과 같이 만들기 위해 협조하고 함께 재판을 받는 것이었다.

그렇게 되면 최소한 못해도 사형이나 무기징역을 받을 것이 뻔하다.

하지만 무기징역을 받으면 알아서 감옥에서 빼내 줄 것이고, 죽기 직전에 구해준다는 것이었다.

그러나 그렇게 되면 감옥에서 나와도 딱히 먹고 살 수가 없다는 것이 문제였다.

지금이야 여기저기서 의뢰가 물밀듯이 밀려오는 실정이지만, 한 번의 실패로 모자라 클라이언트를 감옥에 집어넣은 설계자를 써주는 사람은 아무도 없을 것이기 때문이다.

"먹고 살 길이 막막하다면 다른 직업을 선택할 수 있는 기회를 주지."

"다, 다른 직업이라니요?"

"예를 들면 우리 그룹에서 정보꾼 생활을 한다든가 합법적인 사업을 할 수 있도록 종자돈을 지원한다는 것들 말이지. 그 편이 조카를 위해서도 이롭지 않겠어?"

조카의 얘기가 나오자, 케이지의 눈이 번쩍 뜨인다.

"내, 내 조카를 건드린 겁니까?!"

눈을 부릅뜬 그에게 은우가 고개를 가로젓는다.

"설마하니 내가 그런 고등학생을 건드렸을까 봐? 내가 아무리 가차없는 사람이지만 고문의 상대는 가려서 고문한다고."

"저, 정말입니까?"

"속고만 산 모양이군. 그래서 어디 제대로 일 하겠어?"

"그렇다면 다행입니다만……."

"걱정하지 마라. 네 조카는 지금 사설경호원들이 24시간 밀착 경호하는 중이니까."

18년이 넘게 업어 키운 조카는 그에게 있어 전부나 마찬가지인 존재다.

은우는 그 점을 이용하기로 했다.

"잘 생각하는 것이 좋아. 앞으로 네 조카 역시 직장을 가질 것이고 결혼도 하겠지. 다른 여성들이 그런 것처럼 말이야. 하지만 그런 평범한 생활을 하는 조카의 곁에 당신 같은 숙부가 언제까지 함께 할 수 있을 것 같아? 결국 당신의 조카는 의지할 곳 하나 없이 살아갈 수밖에 없겠지."

"그, 그런 경우는……."

"하다못해 직장상사에게 시달리다 못해 푸념할 가족도, 결혼해서 자기편 들어줄 친정도 없겠지. 그런 불행한 삶을 살기 바라는 것은 아니겠지?"

케이지 역시 너무나 잘 알고 있었을 것이다.

지금과 같이 범죄만 일삼고 다니다간 그의 질녀 역시 피해를 볼 것이라는 것을 말이다.

은우의 회유에 그는 고개를 푹 숙이고 말았다.

"하긴……. 나 같은 삼촌은 리코의 앞길을 망칠 뿐이죠."

"그렇다고 당신이 지금까지 인생을 아주 잘못 살았다는 말은 아니야. 마르코, 당신이 한 번 말해봐. 그 어떤 16살 소년이 자신의 아이도 아닌 아기를 등에 업고 필사적으로 살아가겠어? 안 그래?"

지금까지 케이지의 속사정을 전혀 모르고 있었던 마르코가 크게 공감한다는 듯 말했다.

"그렇지. 그런 그렇지. 이 일을 시작한 것도 모두 조카를 위해서였다면 자네는 참 대단한 사람이라는 생각이 들어."

하지만 케이지는 여전히 고개를 들지 못한다.

"그러고 보면 내가 너무 이기적이었군. 아이의 장래는 생각하지도 않았으니 말이야."

"그렇다고 너무 자책하지는 마십시오. 어차피 세월은 길고 속죄할 시간은 많으니까요."

세 사람의 대화를 가만히 듣고 있던 젝슨이 묘안을 제시한다.

"그럼 이렇게 하시죠. 두 사람이 우리를 도와준다면 증거와 증인만 제공하고 두 사람은 빠지는 겁니다. 법정에서 증거로 사용될 수 있는 물증만 있다면 두 사람이 굳이 재판을 받지 않아도 되는 것 아닙니까?"

"흐음……. 그건 그렇지요."

"어차피 강주원이야 교사를 했지 직접 판을 짜지는 않았으니 고창석 씨만 입 다물면 아무도 모를 겁니다."

비행기 폭파사건을 주도한 사람은 엄연히 고창석이기 때문에 그가 입을 다물면 절대 그 어떤 누구도 이 사실을 알아챌 수가 없을 것이다.

고창석은 흔쾌히 고개를 끄덕인다.

"좋습니다. 제가 입을 다물어 그렇게 될 수 있다면 그렇게 해야지요."

그 역시 강주원을 감옥에 집어넣기 위한 목적이니 다른 사람이 굳이 감옥에 갈 필요는 없을 것이다.

은우는 한숨을 내쉬는 케이지에게 말했다.

"당신이 우리를 도와주면 우리 역시 절대 배반하지 않아. 하지만 당신 때문에 죽어나간 사람들을 기리며 속죄하는 마음으로 사는 것은 절대 잊지 말라고."

"…물론입니다. 평생을 봉사하는 자세로 살 겁니다. 그리고 리코에게 좋은 삼촌이 되어서 든든한 쉼터가 되어주고 싶습니다."

이것은 회유도, 그렇다고 강압도 아니었다.

물론 과정이 다소 과격하고 거칠었다 뿐이지, 결과는 결국 장본인이 뉘우치고 회개하는 것으로 끝이 난 것이다.

"알겠습니다. 그럼 당신들은 일이 끝나면 곧바로 일본으로 돌아가십시오. 그럼 뒷일은 우리가 알아서 하겠습니다."

"고맙습니다. 이렇게나마 정신을 차리게 되었으니 뭐라고 감사의 말씀을 드려야 할지……."

"모두가 좋은 선에서 일을 끝낸 거라 생각하십시오."

이로써 증인 하나가 확보된 셈이었다.

*　　　*　　　*

비행기 폭파사건을 조장한 사람은 모두 4명이었다.

가장 먼저 전체적인 판을 짠 고창석, 그리고 폭파를 설계한 케이지.

자살테러를 감행한 사람은 이미 고인이 되었으니 남은 사람은 한 사람뿐이다.

판이 끝나면 증거인멸을 위해 잠적하기로 되어 있었으니, 서로 연락은 당연히 불가능하다.

하지만 어딘가에는 연결고리가 남아 있게 마련이다.

당시, 케이지가 설계했던 폭파의 전개도가 그 답안이었다.

"설계는 제가 하지만 폭발물은 직접 제작할 수 없습니다. 아무리 설계를 잘 한다고 해도 사제폭탄을 만들 정도로 화학에 대한 지식이 해박한 것이 아니니까요."

"흐음……. 그럼 지금 또 한 명 찾을 수 있다는 사람은 폭발물전문가인가요?"

"그렇습니다. 비행기 날개에 C4를 장착할 수 있도록 도와준 사람이죠."

"그렇다면 잠적한 사람을 찾기 위해선 사제폭탄을 구한다고 설치고 다녀야겠군요."

"돈이라면 환장하는 사람이니 오히려 저보단 쉽게 찾을 수 있을 겁니다. 게다가 장소와 인원을 섭외하는 사람은 폭발물전문가와 연계하는 경우가 많으니 안면이 있는 사람을 쓸 확률이 높습니다."

"이놈만 잡으면 일타쌍피로 문제가 한 방에 해결될 수도 있겠군요."

고개를 끄덕이는 케이지, 은우는 곧바로 계획을 행동으로 옮기기로 한다.

"사제폭탄을 구한다고 소문을 낼 정도면 어떻게 해야 할까요?"

잭슨은 은우의 질문에 잠시 생각에 잠긴다.

"흐음……. 아무리도 한국에서만 소문을 풀어선 안 될 겁니다. 규모가 최소한 100억 단위는 되어야 뒷골목에 소문이 쫙 퍼집니다. 이 업계가 생각보단 좁지만, 특정 인물을 끌어들이기는 생각보다 어렵습니다."

"그럼 일단 현금을 100억 준비해야겠군요."

"그리고는 중동으로 가야 합니다. 사제폭탄 기술은 중동이 최고로 알아주니까요."

"중동이라……."

총수인 은우가 움직이게 되면 일이 커질 수도 있다.

잭슨은 자신이 중동으로 갈 것을 제안한다.

"회장님께서 직접 움직이실 것 없습니다. 제가 가겠습니다. 이쪽에서 오래 일한 사람이 가는 편이 대화도 잘 풀릴 겁니다. 게다가 중동에 지인이 있어 어쩌면 쉽게 찾을 수도 있을 것 같습니다."

"좋습니다. 그럼 케이지 씨와 마르코 씨는 일이 끝날 때까지 우리 본사에서 지내는 것으로 하시죠. 그 편이 안전하지 않겠습니까?"

"알겠습니다."

언제까지 한곳에 머물다간 강주원이 무슨 수를 쓸지 모르기 때문이다.

이제 새로운 판이 돌아가기 시작한다.

*　　　*　　　*

제노베스의 수장 알렉산드로가 병원에 입원하면서 러시아 마피아계가 발칵 뒤집어지는 사건이 일어났다.

　규모로 따지면 열 손가락 안에 들 정도로 거대한 조직인 제노베스가 의문의 사내 휘하로 들어가게 된 것이다.

　마피아 보스들은 도무지 이해할 수 없다는 듯, 그에게 이유를 물어왔지만 대답은 단 하나였다.

　조직의 허리를 꼿꼿이 세워줄 대부를 찾고 있었고, 테미안이 바로 그 적임자라는 것이었다.

　보스들이 황당한 만큼 조직원들은 더욱더 거칠게 반항했다.

　늑골이 부러져 일어날 수 없는 알렉산드로의 병실에 조직의 중역들이 찾아와 언성을 높인다.

　"아버님께서 뼈를 깎는 고통으로 이루신 조직을 이렇게 간단히 남에게 넘기다니요, 인정할 수 없습니다!"

　3대째 이어져 내려오는 제노베스의 뿌리는 100년이 넘었지만 본격적으로 규모가 성장한 것은 알렉산드로의 아버지가 조직을 지휘하면서부터였다.

　그런 탄탄한 기반이 있었기 때문에 알렉산드로가 열 손가락 안에 드는 조직의 보스가 될 수 있었던 것이다.

　그러나 지금 그가 저지른 일은 조직의 역사를 송두리째 흔들어 버리는 일이었다.

중역들 역시 3대를 이어져 온 사람들임으로 보스 못지않게 조직에 대한 애착을 가지고 있었다.

그러니 이렇게 언성을 높이는 것도 무리는 아니다.

알렉산드로는 억지로 몸을 일으켜 그들의 의문에 자신의 입장을 역설했다.

"조직의 전통이 흔들린다는 것은 나 역시 아주 잘 알고 있다. 하지만 대외적으로 우리의 힘을 과시할 수 있는 뭔가가 필요한 것은 자네들도 절감하고 있지 않았는가?"

"그렇지만 그것이 굳이 대부를 앞세울 필요는 없는 것 아닙니까?"

"후후, 아직 자네들이 그분의 진정한 힘을 보지 못해서 그런 것이야."

"진정한 힘이라니요?"

아직도 제대로 숨을 쉬기 힘들 정도로 두들겨 맞은 알렉산드로는 그의 능력이 얼마나 대단한 것인지 너무나도 잘 알고 있었다.

"그분께서는 우리 조직과 베르스 가문을 통합하려는 계획을 가지고 계시다."

중역들은 하도 어처구니가 없어서 급기야 실소를 터뜨린다.

"허, 참! 설마하니 그런 말도 안 되는 소리를 믿고 계신 겁니까?"

테미안의 진가를 아직 눈으로 확인하지 못했으니 어쩌면 이런 반응이 오히려 당연한 것인지도 모른다.

하지만 온몸으로 그를 겪어본 알렉산드로는 그 반대였다.

"좋아. 자네들이 나를 그렇게 믿지 못하겠다면 그 증거를 자네들의 두 눈으로 똑똑히 확인시켜 주겠어."

"증거라니요? 무슨……."

"정확히 삼 일이라 말씀하셨네."

"삼 일이요?"

"베르스 가문을 굴복시키는 일말일세."

점점 더 도를 더해가는 알렉산드로의 말에 중역들은 황당하다는 듯 탄식했다.

"허어! 말도 안 됩니다. 괜히 두 조직 간의 트러블만 만들고 끝나 버리고 말 겁니다."

"후후, 아니야. 내가 장담하지. 내 아버님의 이름을 걸고 말이야."

가문 중심적인 마피아의 특성상 아버지의 이름을 건다는 것은 자신의 모든 명예를 건다는 것과 마찬가지다.

도대체 테미안이라는 사람이 얼마나 대단하기에 그가 이런 소리를 하는지 이해불가한 중역들은 씁쓸한 표정을 짓는다.

"제발 올바른 판단을 해주십시오. 지금까지 조직을 잘 이끌어 오신 분이 갑자기 왜 그러시는지 모르겠습니다."

아버지의 기반으로 시작하기는 했으나, 알렉산드로의 수완은 마피아의 대부도 혀를 내두를 정도였다.

그런 그가 말도 안 되는 소리를 한다는 생각이 드니, 답답할 수밖에 없는 것이다.

하지만 이렇게까지 확신을 가지고 있다니, 한 번 믿어보는 수밖에 없다.

외골수 알렉산드로가 선택한 대부가 과연 조직을 어떻게 키울지 도박하는 심정으로 지켜볼 뿐이었다.

*　　　*　　　*

화진그룹 부회장 집무실, 한차례 위기가 닥쳐왔음에 회사의 실무를 담당하는 부회장은 눈코 뜰 새 없이 바쁜 나날을 보내고 있다.

그러던 가운데 가뜩이나 아픈 그의 머리를 더 지끈거리게 만드는 소식이 들린다.

결재서류에 서명을 하려던 강주원이 잔뜩 굳은 얼굴로 김경민을 바라보며 말했다.

"지금 뭐라고 했나?"

"아무래도 고창석이 배신을 한 것 같습니다. 그렇지 않고서야 관련자들이 한국에 들어왔을 리가 없지 않습니까?"

강주원은 어려서부터 지금까지 그를 마치 눈동자처럼 보살펴 온 고창석의 배신은 절대로 있을 수 없는 일이라 생각했었다.

그래서 아주 드물게 사람을 무조건 신뢰하고 자신의 모든 것을 오픈했던 것이다.

그는 고개를 가로저었다.

"아니, 그럴 리가 없어. 다른 사람은 몰라도 고씨 아저씨가 나를 배신할 리가 있나?"

"세상일은 아무도 모르는 겁니다. 원래 이 바닥이 배신에 배신을 거듭하는 곳이라는 것은 부회장님께서도 아주 잘 아시지 않습니까?"

강주원 역시 배신을 밥 먹듯이 하는 사람이지만 절대적인 신뢰를 피력한 사람은 배신하지 않는다.

"아니, 그럴 리가 없어."

"그가 배신하지 않고서는 아사히나가 한국에 제발로 찾아왔을 리가 없습니다. 미치지 않고서야 이은우가 있는 한국엘 오겠습니까?"

아무리 부정해도 그의 말을 부정할 수가 없다.

"하지만 어째서? 만약 일이 잘못되면 고씨 아저씨까지 엮여 들어갈 텐데."

"아직 동기는 희미합니다만, 가능성은 있습니다. 동기야 돈이 될 수도 있겠고 우리가 모르는 딴마음을 품었을 수도 있는 것 아닙니까?"

"딴마음?"

"이를 테면 부회장님이 사라지면 바로 부회장 자리로 올라올 사람들 말입니다."

역 팔자로 일그러뜨린 강주원의 눈썹이 지금 그의 심정이 얼마나 복잡한지 알려주는 듯하다.

"그럴 리가……."

"돈이면 귀신도 부리는 세상입니다. 못할 것도 없지요."

"그럴 것 같으면 내가 감옥에 있을 때 왜 특사로 나올 수 있도록 로비한 거지?"

"청탁이 그 이후에 들어왔을 수도 있는 것이고, 이유는 차차 알아가도 됩니다."

"흐음……. 그럼 앞으로 뭘 어쩌라는 건가?"

"제거해야지요."

"고씨 아저씨를 제거한다?"

"우리가 다치기 전에 먼저 제거하는 편이 좋습니다. 괜히 일말의 정 때문에 이리저리 끌려 다니다간 돌이킬 수 없는 상황에 직면할 수도 있습니다."

"먼저 친다는 것은⋯⋯."

"이젠 고창석도 우리의 적이라는 소리지요."

강주원은 힘없이 펜을 내려놓는다.

"아니⋯⋯. 좀 더 지켜본 후에 처리하도록 하지."

"하지만⋯⋯."

"그만, 이제 그 얘기는 그만하지. 안 그래도 머리가 터질 지경이니까."

무한한 그의 신뢰, 아마 김경민은 그 신뢰를 시기하고 있을지도 모른다.

그러나 천하의 강주원이라도 절대로 잃고 싶지 않은 사람은 분명히 한 사람은 있을 것이다.

그런 그를 바라보는 김경민의 눈동자는 가늘게 떨리고 있었다.

＊　　　　＊　　　　＊

제노베스가 모스크바의 나이트클럽을 모조리 장악했다면 베르스 가문은 러시아 전역에 대량의 코카인과 헤로인을 공급하는 마약상인들이다.

특별히 기반시설이나 점포를 가지고 있지는 않지만 그들을 거치지 않고 밀무역을 한다는 것은 상상조차 할 수 없을 정도다.

만약 근거지가 있었다면 진작 FSB나 SVR 같은 정보조직에 청소를 당했을지도 모른다.

러시아연방이 소비에트연방공화국이던 시절, 공산주의 체제에서도 약을 팔았을 정도니 그들의 저력이 얼마나 대단한 것인지 알 수 있다.

만약 그들을 수면위로 끌어내려면 일반적인 방법으로는 불가능할 것이다.

오리엔은 마치 유령과도 같은 그들을 끌어내기 위해 조금은 특별한 방법을 사용하기로 했다.

한화로 1조원, 어마어마한 금액이 걸린 마약 거래를 조장하여 베르스의 중역을 낚으려는 것이었다.

물론 철저한 연극이니 1조원이 모두 현금으로 있을 필요도 없고, 철저하게 각본을 짤 필요도 없다.

그저 거래를 트자고 흑막을 친 다음 테미안을 투입하면 그만이다.

만약 그들을 일망타진 할 수 없다고 해도 아마 한 번 당한 베르스가 제노베스를 가만히 놓아두지는 않을 것이다.

그렇게만 된다면 일은 한결 쉬워질 것이다.

러시아의 지하철은 사람들이 잘 다니지 않는 새벽을 이용해 거래가 빈번하게 이뤄지는 곳이다.

오늘 거래가 있을 이곳에 온 사람은 혈혈단신, 테미안 한 명이었다.

또각, 또각!

지하철 입구에서 담배를 피우고 있던 그에게 관능적으로 생긴 미녀가 다가와 말을 건다.

"당신이 테미안이라는 사람인가요?"

"그렇다면 당신이 마가리타겠군."

"후후, 만나서 반가워요."

그녀의 이름처럼 테미안에게 내민 손에서 은은한 꽃내음이 풍겨난다.

사람의 기분까지 좋아지는 그녀의 향기는 자칫 잘못하면 이성을 잃어버릴 수 있을 정도였다.

하지만 인간여자에게는 전혀 관심이 없는 테미안으로서는 별다른 감흥이 느껴지지 않는다.

"차라도 한잔할까요?"

"일단 좀 걷지."

다른 남자들과는 다르게 상당히 딱딱하게 나오는 그의 태도에 마가리타가 미간을 곱게 찌푸린다.

"원래 그렇게 무뚝뚝해요?"

"거래를 하는데 잡소리가 필요한가? 할 말만 하고 어서 찢어지지. 피차 서로 바쁜 사람들 아닌가?"

"참 재미없게 사는 사람이네요."

"세상에 그렇게까지 재미있는 일이 얼마나 있겠어? 아무튼 잡소리 그만 하고 거래나 하지."

"피이……! 일단 거래는 거래니까 일을 끝내고 얘기하죠."

테미안은 그녀에게 통장사본을 보여주며 말했다.

"한국은행 계좌에 들어 있는 돈이다. 이만큼 물건을 구하고 싶군."

"이, 일 조원?!"

"러시아에서 물건을 떼다 일본과 한국으로 수출할 예정이다. 당신들 물건이 그렇게 좋다고 소문이 났다기에 1조원이나 투자하는 거다."

마약이 상당히 고가에 팔리는 물건이긴 하지만 1조원씩이나 되는 물량을 조달하자면 상당한 시간이 걸릴 것이다.

게다가 이렇게 많은 물건이 움직인다면 필시 정보국에서 눈치를 챌 것이 뻔하다.

그러나 그런 위험부담을 안는 조건으로 1조원이라면 망설일 것도 없다.

그녀는 통장사본을 받아든다.

"좋아요. 돈만 확실히 준비해 준다면 물건을 구해드리죠."

"이만큼 물건을 사는데 흥정은 되겠지?"

"값을 좀 깎고 싶은 건가요?"

"1조원이나 투자하는데 에누리와 덤은 기대할 수 있는 것 아닌가?"

"후후, 무슨 시장에서 물건 사는 사람 같군요."

"어차피 마약도 물건 아닌가? 물건을 좀 많이 산다고 생각하면 이상할 것도 없지."

"하긴, 그렇게 따지면 그렇겠군요."

그는 시간을 조금이라도 헛되이 쓰지 않는다.

"어쩔 건가? 내 조건을 받아줄 건가 말 건가?"

"성미가 상당히 급한 사람이군요. 그러다 내가 싫다고 하면 어쩌려고요?"

"그땐 다른 사람을 찾아야겠지. 물건 파는 곳이 여기만 있는 것은 아니니까."

"…심하게 시원시원한 사람이네요."

"안 그래도 짧은 인생, 빙빙 돌려서 뭐하겠어? 어쨌든 빨리 답을 주었으면 좋겠는데."

뾰로통한 표정이 된 그녀가 새침하게 고개를 돌린다.

"흥! 그렇게 딱딱하게 굴면 거래 안 해요!"

조금은 그에게 호감을 가지고 있었던 것일까? 살짝 토라진 그녀에게 테미안은 아주 자연스럽게 등을 돌린다.

"알겠다. 그럼 다른 사람을 찾아보도록 하지."

한 번은 잡을 줄 알았던지, 그녀가 화들짝 놀라며 소리친다.

"이, 이봐요! 어쩜 사람이 그래요?"

"뭘 말인가? 거래하기 싫다고 해서 거래하지 않을 뿐이다. 뭐가 잘못되었나?"

"아까부터 내 표정이 언제 어떻게 변하는지 못 봤어요?"

"거래하는데 그런 것도 필요한가? 참으로 복잡한 집안이군."

"…세상에 어떤 남자가 이런 미녀를 앞에 두고 그냥 거래만 하려고 하겠어요? 안 그래요?"

"나도 남자지만 거래만 하고 싶군. 됐나?"

"……."

일반적으로는 마가리타 같은 미녀가 앞에 있으면 일말의 감정이 생기는 것은 당연한 일이다.

하지만 테미안은 일반적인 남자가 아니라는 것이 문제였다.

"어쩔 텐가? 거래를 트지 않는다면 다른 사람을 찾아봐야 한다. 시간 없으니 빨리 말해라."

그녀는 이런 그가 얄미웠는지, 테미안의 팔뚝을 꼬집는다.

짜득!

"뭐하는 짓인가? 나와 싸우고 싶다는 뜻인가?"

"얄미워서 그래요! 뭐 이런 남자가 다 있나 모르겠네!"

"세상에는 아주 많은 사람이 산다. 그중엔 서로 다른 성격의 사람들이 존재하지. 60억 명이 다 다른데 나 같은 사람이 없을 것 같은가?"

이상하게도 그의 이론은 하나도 틀린 것이 없다.

그런 사실이 그녀를 더욱 짜증스럽게 만드는 듯하다.

"됐어요. 당신과 더 이상 얘기하면 내가 이상해질 것 같아요."

"그건 나도 바라던 바다. 그럼 협상은 결렬된 것으로……."

"이봐요! 내가 언제 거래 안 한다고 했어요?"

"방금 전 네 입으로 똑똑히 말하지 않았던가?"

"그, 그건……!"

"거래는 거래다. 빈말은 있을 수가 없지."

그제야 그녀는 그가 딱딱하게 구는 이유가 있다고 생각한다.

"하긴……. 그렇긴 하네요."

"어쩔 것인가? 할 건가?"

"좋아요. 거래를 트도록 하죠."

"알겠다. 그럼 돈을 준비하지. 거래 날짜는 언제로 잡는 것이 좋겠나?"

"대신 조건이 하나 있어요."

"조건?"

"나와 딱 열 번만 만나 봐요."

테미안은 고개를 갸웃거린다.

"그게 조건인가? 옵션치곤 상당히 빈약하기 짝이 없군."

그녀의 제안이 과연 어떤 의미가 있는지는 길거리 초등학생들도 다 알 만하지만 그는 일반적인 상식이 없는 사람이다.

자신에게 손해될 것이 없는 일이니 흔쾌히 고개를 끄덕인다.

"좋다. 그런 조건이라면 당연히 받아들여야지."

그의 입장에서는 아주 간단한 일이지만 자신의 제안을 받아들였다고 생각하는 그녀의 입장은 전혀 다르다.

"저, 정말인가요? 당연히 받아들인다고요?"

"물론이지."

"여자 싫어하는 것 아니었어요?"

그는 고개를 가로젓는다.

"싫어할 이유가 있나? 원래는 싫어해야 정상인가?"

"아, 아니요. 그런 것은 아니고……."

"그럼 됐군. 거래 트는 것으로 알겠다."

이윽고 그는 자신의 명함을 하나 건넨다.

"이쪽으로 연락하면 된다. 정보국의 감시망은 서로 알아서 피하도록 하지."

"그, 그래요……."

분명 그녀는 대쉬를 한 것이고 그는 얼떨결에 그것을 받아들인 꼴이 된 것이다.

거래가 끝나자마자 바람처럼 사라지는 그를 바라보는 그녀의 가슴은 아주 빠르게 뛰고 있었다.

두근!

"…묘한 매력이 있는데?"

여자는 나쁜남자에게 끌린다고 했던가?

그녀는 이미 테미안에게 매료되어 있었다.

*　　　*　　　*

1조원이라는 엄청난 금액이 걸린 거래를 성사시킨 그녀에게 가문의 일원들은 기립박수를 보낸다.

짝짝짝짝!

"이야, 마가리타가 이런 엄청난 거래를 성사시키다니, 놀라울 따름이군."

"장녀로서의 역할을 아주 톡톡히 해내고 있어. 그렇지 않습니까, 형님?"

하지만 정작 본인은 넋이 나간 표정을 하고 있으니, 아버지의 심기 또한 별로 좋지 않다.

"그렇긴 한데 아까부터 왜 표정이 좋지 않은 것이냐?"

"……."

이제는 주변에서 무슨 말을 하는 것인지 알아듣지도 못한다.

"마가리타?"

"……."

여전히 말이 없는 그녀, 가주를 비롯한 종친들이 고개를 갸웃거린다.

"무슨 일이지? 마가리타!"

소리를 지르고서야 그녀가 퍼뜩 정신을 차린다.

"네, 네?!"

"도대체 무슨 일이 있었기에 그렇게 넋을 놓은 것이냐?"

"혹시 거래를 성사시킨 기쁨에 넋이 나간 것 아닐까요?"

"하하! 그런 것일까?"

그녀는 어른들의 농담에 어색한 표정으로 따라 웃는다.

"아하하……. 그런 셈이죠……."

분위기에 도통 적응하지 못하는 그녀를 사정을 정확히 꿰뚫어 본 사람은 그녀의 모친이었다.

마치 영혼이 없는 사람처럼 웃는 그녀의 귀에 모친이 입을 가져다 댄 채로 물었다.

"누구니? 뭐하는 남자야?"

"네, 네?! 그게 무슨……."

"여자는 여자가 가장 잘 아는 법이지. 어떤 청년이야?"

당황한 그녀는 얼떨결에 진심을 털어놓고 만다.

"그, 그게……. 이번에 거래하는……."

"어머, 정말?!"

화들짝 놀라는 그녀 때문에 종친들이 일제히 모녀를 바라본다.

"무슨 일이야?"

"그, 그게……."

"무슨 일은요. 이제 우리 딸도 사랑을 할 때가 되었다는 소리죠."

"어, 엄마……!"

"사랑?"

고개를 갸웃거리는 종친들, 그녀의 아버지는 미묘하게 인상을 찌푸린다.

"연애?"

"아니, 뭐 그런 것은 아니고……."

"크흠! 오늘 회의는 이만 접도록 하지."

종친들은 심기가 불편해진 가주를 바라보며 연신 키득거린다.

"큭큭큭, 하여간 저렇게 속이 좁아서 우리 질녀가 시집은 가겠어?"

"시끄럽다. 다들 집으로 돌아가라."

오랜만에 가십거리를 찾은 종친들의 장난에도 그녀는 여전히 정신을 차리지 못하고 있었다.

CHAPTER **06**
배신과 복수의 연속

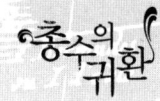

  사제폭탄으로 100억 원을 만지기란 그렇게 쉬운 일이 아니다.

  그렇기 때문에 젝슨이 흘린 소문은 한국에서부터 1억만 리나 떨어진 중동에까지 퍼져 나갔다.

  물론 그의 지인이 중동에서 정보장사꾼으로 활동하고 있던 영향이 컸다.

  젝슨의 지인을 통해 그가 원하는 사제폭탄을 만들 수 있다는 뒷골목 폭발물전문가들이 줄을 지어 찾아왔지만, 그는 번번이 퇴짜를 놓기 일쑤였다.

처음에는 이름도 없는 어중이떠중이들까지 죄다 찾아와 명함을 건넸지만, 그의 입맛이 상당히 까다롭다는 소문을 듣고는 이름 깨나 날린다는 전문가들이 찾아오기 시작했다.

그러다 그의 의도대로 원하는 인물이 그를 찾아왔다.

"모하메드라고 합니다."

은우가 타고 있던 비행기가 폭발하던 당시, 그의 작품이 빛을 발했었다.

정확히 사진과 일치하는 그의 얼굴을 확인한 젝슨이 악수를 건넨다.

"젝슨이라고 합니다. 말씀은 많이 들었습니다. 이 업계에서는 손가락 안에 꼽히신다고요."

"뭐, 그렇다고 할 수 있죠. 제가 워낙에 기상천외한 물건을 많이 만들어내다 보니 그렇게 되었습니다."

"흐음……. 그렇습니까? 그럼 포트폴리오를 좀 봐도 될까요?"

"물론입니다. 제가 만들 수 있는 폭탄들의 종류를 나열한 파일을 드리겠습니다."

"상당히 친절하기까지 하시군요."

"나름 이 업계에서 이름이 났습니다만, 친절하지 않을 수가 없습니다. 생각보다 치열한 업계가 바로 이 사제폭탄 업계 아니겠습니까?"

돈이라면 사족을 못 쓴다는 그의 또 다른 무기는 바로 장사 수완이었다.

만약 그의 이런 수완이 없었다면 지금과 같은 부를 누리지는 못했을 것이다.

젝슨은 그런 것을 이용하기로 한다.

사제폭탄의 포트폴리오를 입수한다는 것은 그에게 더 이상 빠져나올 수 없는 올가미를 씌우는 것이나 마찬가지다.

친절함을 주 무기로 사용하는 동시에 돈이라면 그 어떤 위험도 감수하는 그의 성격상, 없는 포트폴리오도 만들 것이라는 예상은 순전히 젝슨의 순발력에서 나온 것이었다.

별 생각 없이 던져 본 제안에 그는 친절하게 정리까지 깔끔하게 된 포트폴리오를 보여준다.

"여기 노트북 화면을 보시면 제가 어느 부분까지 제조할 수 있는지 확실히 나와 있을 겁니다. 여건만 갖추어 진다면 핵탄두도 한 번 만들어보고 싶을 정도랍니다. 하하하!"

이런 헛소리 덕분에 자신이 감옥에 갈 것이라는 사실은 아마 꿈에도 모르고 있을 것이다.

포트폴리오를 바라본 젝슨은 속으로 상당히 놀라고 있었다.

다이너마이트부터 C4, 소이탄, 네이팜탄까지, 심지어는 유도탄을 만들 수 있는 이론까지 보유하고 있다니, 놀라지 않을 수가 없었다.

"제가 비록 폭탄에 대해서 잘 알지는 못합니다만, 무지한 제가 보기에도 당신의 능력은 상당히 뛰어난 것 같군요."

"과찬이십니다. 저 말고도 얼마든지 뛰어난 사람들이 많습니다. 다만 경력이 짧아서 제대로 된 물건을 만들어보지 못했을 뿐입니다."

이번에는 조금 더 민감한 부분을 건드려보기로 한다.

"경력이 그렇게 화려하시다니, 그럼 제가 알고 있는 선생님의 작품들 중에서도 분명히 유명한 작품도 있겠군요."

"물론 그렇겠지요."

"이를 테면 어떤 것들 말입니까?"

"그건 좀 말씀드리기가······."

역시 더 이상 스스로 무덤을 파는 일은 자제하려는 듯하다. 그러나 여기서 포기할 젝슨이 아니다.

"듣자하니 이 근방에서 최근 천영그룹 회장이 타고 있던 보잉 747기를 폭파시킨 사람이 있다고 하던데, 그 정도 유명한 사건이겠지요?"

"그, 그건······."

"뭐, 그 정도만 되어도 당장 계약하겠습니다만······. 하여간 이 부분에 대한 포트폴리오는 보여주실 수 없다는 소리군요."

무려 100억이나 되는 프로젝트다.

그것도 순익을 나누는 것도 아니고 오로지 폭탄제조 하나에 걸린 돈만 100억이었다.

어떤 위험이 도사리고 있다고 해도 돈에 눈이 뒤집힌 사람이 그냥 지나치기엔 너무 매력적인 조건이다.

꿀꺽!

모하메드가 대단한 결심을 했다는 듯 입을 열었다.

"조, 좋습니다. 선생께 제 경력을 말씀해 드릴 테니 다른 사람과 계약하는 일은 없었으면 합니다."

"정말이십니까?"

"물론이지요. 제 경력을 다른 사람의 것으로 알고 계시다니, 자존심이 조금 상하기도 합니다."

"선생님의 경력이라면……."

"미국행 보잉 747기는 제가 폭파시킨 겁니다. 비록 판에 맞게 폭탄을 제조한 것뿐이기는 합니다만, 제가 없었으면 설계자 역시 그 사건을 성공적으로 완수해내지 못했을 겁니다."

"오호라! 그런 것이었다면 조금만 더 일찍 말씀해 주시지 그러셨습니까? 미리 알았다면 좀 더 빨리 계약했을 텐데요."

"원래 이 업계가 비밀이 좀 많아서 말입니다. 조심은 언제가 강조해도 지나치지가 않을 정도지요."

"후후, 그렇군요. 선생의 뜻, 아주 잘 알았습니다. 하여간 이로서 우리가 파트너가 되었다고 봐도 무방하겠지요?"

"물론입니다. 앞으로 잘 부탁드립니다."

"무슨 말씀을……. 그럼 물건은 언제쯤 볼 수 있겠습니까?"

"빠르면 일주일, 늦으면 열흘입니다. 그 안에 끝내도록 하지요."

"알겠습니다. 그럼 연락 기다리겠습니다."

"계약 감사합니다. 후회하시지 않을 겁니다."

꾸벅 고개를 숙이는 모하메드, 앞으로 그가 어떤 상황에 처할지 상상할 수 있었다면 절대 이렇게 행동하지 못했을 것이다.

앞일이야 어찌 되어도 지금 그의 기분은 최고조에 달하고 있었다.

*   *   *

강주원의 무한한 신뢰가 고창석을 향하고 있는 한, 김경민의 출세는 조금 더 멀어진다고 할 수 있었다.

출세를 위해 지금까지 몸을 숙이고 있던 그의 입장에서는 절대 용납할 수 없는 일이었다.

그가 강주원을 배신한 것이라는 증거를 찾아낸다면 오른팔은 김경민 하나로 굳어질 것이고, 충복에게 돌아올 보상은 오로지 그의 독차지가 되는 것이다.

정보를 사자면 평소 그가 강주원에게 물어다 주었던 방식보다 더 고차원적인 수단이 필요하다.

동대문의 뒷골목, 이슬비가 내리는 모습이 그대로 보이는 포장마차의 입구에 들어선 김경민이 천막을 걷어내고 안으로 들어섰다.

"어서 오십시오!"

워낙에 외진 곳이라서 그런지 손님의 모습은 보이지 않는다.

그럼에도 불구하고 포장마차 주인은 연신 싱글벙글이다.

"혼자서 오셨습니까?"

"그렇습니다. 바다 장어구이 2인분 부탁합니다."

"술은 무엇으로 하시겠습니까?"

"소곡주가 좋겠군요."

메뉴에 있지도 않은 술과 안주지만, 포장마차 주인은 흔쾌히 고개를 끄덕인다.

"예, 알겠습니다! 바다 장어구이 두 개 소곡주 하나요!"

잠시 후, 정말로 살아 움직이는 바다장어의 머리를 치고 껍질을 벗겨 구이를 준비하고 한산 소곡주 장인의 직인이 찍혀 있는 술병을 곁들인다.

"여기, 안주와 술 나왔습니다!"

"고맙습니다."

숯불로 구운 장어구이의 육질과 풍미가 가히 일품이라 칭할 만하다.

그리고 서천의 명물인 한산 소곡주는 특별한 향에 감칠맛을 더한다.

도대체 그 어떤 포장마차가 이런 고급요리와 술을 제공할 수 있단 말인가?

하지만 김경민은 이런 경우가 처음이 아닌 듯하다.

소스는 어떤 것을 찍어먹어야 맛있고 술은 어떤 것을 곁들여야 하는지 정확히 알고 있었기 때문이다.

이윽고 계속해서 젓가락질을 하던 김경민에게 주인장이 말을 건다.

"그래, 오늘은 어떤 의뢰입니까?"

장어를 반쯤 먹어가던 김경민이 소곡주고 입가심을 한다.

꿀꺽!

"크흐! 오늘따라 향이 참 진하군요."

"장인이 빚은 술 아닙니까? 당연하지요."

김경민은 상당히 두꺼운 서류뭉치를 꺼내어 포장마차 선반위에 던지듯 내려놓았다.

"이놈의 일거수일투족을 감시하고 싶은데 가능하겠습니까?"

포장마차주인은 고창석의 사진과 이은우의 사진을 번갈아보며 고개를 갸웃거린다.

"고 씨와 당신은 같은 사람 아래에서 일하는 사이가 아니었습니까?"

"표면적으론 그렇지요."

"하지만 왜……?"

"살다 보면 이런저런 일이 있게 마련이지요. 가끔은 고무신을 거꾸로 신는 연놈들도 있고 말입니다."

"그럼 이은우 회장과 고창석이 붙어먹고 있다?"

"그렇습니다. 물론 제 예상에 따른 가설이지만요."

"흐음……. 지레짐작은 별로 좋은 짓이 아닐 텐데요?"

"이것이 지레짐작인지 판단력이 좋은 것인지는 두고 볼 일이지요."

"뭐, 좋습니다. 의뢰는 의뢰고 개인적인 견해는 그저 기후일 뿐이니까요."

"공과 사를 구분하는 기준이 명확하다는 것이 당신의 가장 큰 장점이 아닌가 싶군요."

"후후, 칭찬 감사합니다."

포장마차 주인이 서류를 갈무리하는 동안 김경민은 현금

다발 여러 개를 꺼내어 선반 위에 차례대로 쌓아놓는다.

"언제나 그랬듯이 착수금은 전액 현금입니다."

"역시 깔끔한 것을 좋아하는 성격은 여전하시군요."

"세상에 현금만큼 깔끔한 것도 없지 않습니까?"

"매번 감사합니다."

"그럼 이은우와 고창석의 비디오는 삼 일 전후로 받을 수 있다고 알고 있겠습니다."

"뭐 그렇게 오래 잡습니까? 당장 오늘 새벽부터 작업 들어가겠습니다."

김경민은 마지막으로 남은 술을 모두 털어 넘긴 후 그대로 포장마차를 나섰다.

그리고 홀로 남은 포장마차 주인은 재빨리 장사를 마무리하고는 어디론가 사라져 버렸다.

*   *   *

무려 1조원에 달하는 미끼를 덥석 물어 버린 베르스 가문 덕분에 FBS와 SVR이 합동조사를 벌이는 초유의 사태가 벌어졌다.

하지만 특정한 근거지가 없는 베르스가를 잡는다는 것이 불가능에 가깝다는 것은 누구나 다 아는 사실이었다.

FBS 마약사범전담반 반장 블라디미르 표도르프는 심증만 있고 물증은 전혀 없는 이번 사건을 전담하게 되면서 사라졌던 편두통이 몰려오는 것을 느끼고 있었다.

"젠장……! 도대체 어떤 자식이 1조원이나 되는 한화를 끌어들인 거야?"

브리핑실에 앉은 블라디미르의 표정과 부하들의 표정이 상당히 비슷해 보인다.

"빌어먹을 자식들이 도대체 어디서 마약을 찍어내는지 도저히 알 길이 없습니다. 그냥 뚜쟁이들을 보이는 족족 잡아다 족칠까요?"

"그래서 어느 세월에 꼬리를 잡겠어?"

"가만히 앉아서 SVR 새끼들에게 선수를 빼앗기는 것보다야 낫지 않겠습니까?"

"거기에 들어가는 경찰력은 다 어쩌란 건가? 나더러 국장에게 다시 한 번 고개를 숙이라는 건가?"

"그래주신다면야 저희로서는 아주 감읍할 따름이지요."

"…얄미운 자식들!"

블라디미르가 베르스를 쫓아다닌 것이 띄엄띄엄 벌써 십년이 지났건만 그들의 정체는커녕 작은 단서 하나 찾을 수가 없었다.

그만큼 유령 같은 놈들에게 유린당하다 보니 바뀌는 국장마다 그를 닦달해댔던 것이다.

그러니 국장에게 뒷골목 뚜쟁이들을 모조리 잡아들일 수 있도록 힘써달라는 말을 하기가 참으로 어려운 것이 사실이다.

다른 방법이 딱히 없다는 것은 그 역시 너무 잘 알고 있었으나, 부하들의 의견은 썩 마음에 들지 않는다.

그러던 바로 그때였다. 힘없이 축 늘어진 블라디미르의 전화기가 울렸다.

따르르릉!

"예, 마약전담반입니다."

—당신이 블라디미르 표로르프인가?

순간, 마약전담반 전원의 표정이 딱딱하게 굳어진다.

잠시 동안 말이 없는 블라디미르를 대신해 의문의 사내가 말을 이어 나간다.

—내가 네 정체를 알아냈다는 것에 놀랍고 당혹스러운가? 당연히 그렇겠지. 하지만 우리의 만남이 너희에게 해가 되지 않는 다고 확실히 말해두고 싶군.

"당신 뭐야?"

—너희보다 베르스 가문에 가까워진 사람이라고나 할까?

전화기의 스피커폰 기능을 켠 블라디미르 덕분에 주변의 모든 사람이 속으로 탄성을 내지른다.

하지만 블라디미르는 반장답게 아주 침착하게 되물었다.

"갑자기 전화해서 지껄일 말은 아닌 것 같은데? 내가 뭘 믿고 당신의 말을 신뢰하라는 건가?"

―지푸라기라도 짚는 심정이라면 간단한 만남쯤은 가능하지 않을까 하는 마음이었는데, 정작 본인은 그게 아니었던 모양이군.

일이 잘 안 풀리고 있다는 사실은 조직내부에서나 알려져 있을 법한 사안이다.

특히나 마약사범이 판을 치는 러시아 마피아들을 상대하는 전담반은 보안을 생명처럼 여긴다.

정보가 새어 나갈 틈이 없어야 정상이다.

조사 자체를 1급기밀로 취급하고 있는 실정, 블라디미르는 와락 인상을 구긴다.

"도대체 정체가 뭐야?"

―그거야 얼굴 맞대고 얘기하다 보면 알 것 아닌가?

블라디미르는 과연 어떤 판단을 내려야 할지 쉽사리 결정하지 못한다.

만약 여기서 접선을 약속하는 순간 기밀은 깨져 버리는 것이다.

하지만 이대로 알토란같은 정보를 놓친다면 평생 땅을 치고 후회할지도 모른다.

"반장님……."

부하들은 이미 굳게 마음을 먹은 듯하다.

―대답이 늦군. 그럼 내 제안을 받아들이지 않는 다는 것으로 알겠다. 그럼…….

"잠깐!"

전화를 끊으려는 사내에게 블라디미르가 다급한 목소리를 낸다.

"좋다. 네가 하는 말을 우리가 다 믿는다고 치자. 그럼 베르스 가문이 우리에게 박살이 난다고 해서 네가 얻는 것은 뭐지? 그런 거대조직을 네가 단숨에 장악할 수 있을 리가 없다. 아무리 우리가 그들의 꼬리를 잡아봐야 절대 그들을 무너뜨릴 수 없을 정도니까."

―그러니까 등가교환이 성립되면 나를 믿어주겠다, 뭐 그런 소리인가?

"그렇다. 원래 이 바닥이 워낙 거칠고 치사하니까."

―후후, 그럴 만도 하지. 좋다, 내 조건을 말하지.

목적이 없는 거래는 존재할 수 없다는 것이 블라디미르의 철칙이었고, 지금까지 그는 서로 원하는 것을 얻는 방식으로 일을 해왔다.

그것은 부하들도 마찬가지, 베르스 가문을 털어내는 것이 동참하는데 상응하는 조건을 제시하면 그때부터 거래는 시작된다.

―나는 너희가 베르스 가문을 쳐 내면 그 자리에 내가 사업을 펼쳤으면 한다.

"사업?"

―밀무역과 마약을 팔아먹는 수단을 내가 장악하겠다는 소리다.

블라디미르는 인상을 찌푸렸다.

"그걸 내가 수락할 것 같은가? 그래서는 사람만 바뀔 뿐, 변하는 것이 없지 않은가?"

―세상은 언제나 필요악이 존재한다. 나는 너희에게 악어와 악어새의 관계가 될 것이라 약속하지.

"서로 뒤를 봐주자는 소리인가?"

―상부상조하자는 거지. 어떤가? 이대로 저 세력이 더 커질 때까지 기다릴 참인가? 300억 루블의 규모라면 그들이 얼마나 성장할지 감히 상상이나 가는가?

손을 잡을 수도, 잡지 않을 수도 없는 상황이 되어버렸다.

그의 말대로 시간이 흘러가 그들이 베르스 가문을 잡아들이지 못한다면 그 후폭풍은 상상을 초월할 것이다.

"…일단 얼굴을 맞대는 것이 좋겠군."

―후후, 그럼 잠정적으로 나와 손을 잡는 것으로 알겠다.

"시간과 장소는 어떻게 정할 것인가?"

─당신들이 정하면 내가 나가는 것으로 하지.

"우리가 덫이라도 놓으면 어쩌려는 건가?"

─믿음의 증표라고나 할까? 믿음이 없이 거래가 가능할 것이라고는 생각하지 않으니까 말이야.

정체를 알 수는 없지만 그가 거래를 트고 싶어 한다는 것은 분명한 사실인 듯하다.

*   *   *

잭슨이 모하메드를 만나고 난 지 일주일, 그는 정말로 주문했던 물건을 정확히 제조하여 한국으로 입국해 들어왔다.

100억 원을 주고 만들었다고 해도 전혀 손해 보는 느낌이 없을 정도로 정교한 초소형 폭탄은 엄청난 위력을 가지고 있었다.

"보시는 바와 같이 이것은 초소형 네이팜탄입니다. 선생님께서 말씀하신 용도의 폭탄은 네이팜탄이 가장 효율적입니다. 오로지 사람을 살상하는 목적이 아니라 근방의 모든 증거를 인멸하기엔 거센 불길이 필요한 법이거든요."

모하메드에게 잭슨이 의뢰했던 폭탄은 건물 골조는 어찌 되어도 좋으니 물증을 잡을 수 없는 폭탄을 만들어달라는 것이었다.

게다가 크기는 성인남성 주먹의 절반에 달하는 아주 극소형이어야 한다는 옵션이 붙어 있었다.

모하메드는 겉보기엔 불가능할 것 같은 조건을 흔쾌히 수락했고, 폭탄을 정말로 만들어왔다.

만약 은우의 복수만 아니었어도 그룹으로 끌어들여 여러 가지 목적으로 사용해도 아주 좋을 인재였다.

하지만 그러기엔 상황이 따라주지 않는 것 같다.

"이제 대금을 치러야 할 차례입니다."

"알겠습니다. 그렇게 하겠습니다. 하지만 결제를 해주실 우리 회장님께서 아직 도착하시지 않았으니 아주 잠시만 기다려 주십시오."

100억이나 받는다는데 5분쯤 기다리는 것이 무슨 대수겠는가?

"물론입니다. 천천히 오시라고 전해주십시오. 저는 얼마든 기다려도 괜찮습니다."

잠시 후 그가 어떤 일을 당할지 뻔히 알고 있는 젝슨으로서는 조금 안타까운 생각도 든다.

보성산 작설차를 마시고 있던 모하메드가 접선 장소로 들어서는 은우를 바라보고는 벌떡 자리에서 일어섰다.

"이분이 회장님이십니까?"

"눈썰미가 좋으시군요."

이렇게 눈치가 빠른 사람이 어째서 이곳까지 온 것인지 이해가 가지 않을 지경이다.

하지만 은우와 젝슨의 입장에서 본다면 아주 고마울 따름이다.

"먼 길 오시느라 고생하셨습니다. 일단 앉으시죠."

은우는 이제까지 아주 강압적으로 일을 처리했다면 이번에는 그에게 기회를 주려한다.

그의 복수 때문에 굳이 관련자들을 모조리 지하세계로 묻어버릴 필요는 없었기 때문이다.

"우리 젝슨 이사와 계약을 채결했다고 들었습니다. 큰 용기를 내주셨군요."

"어차피 돈이 있는 곳에는 위험이 도사리고 있게 마련 아닙니까? 위험부담이 없다면 큰돈도 있을 수 없지요."

"아주 사업가적인 마인드가 강하신 분이군요."

"어찌 보면 이것도 비즈니스의 일종이니까요."

이제 슬슬 모하메드는 대화의 끝을 맺으려 한다.

"드릴 것 드렸으니 이제 제가 받을 것을 받았으면 좋겠습니다만……."

한 곳에 오래 머무는 것은 국제범죄자의 입장에서 본다면 상당히 부담스러운 일이다.

앞뒤 가리지 않고 한국으로 들어오긴 했으나, 그 역시 궁극적으로는 몸을 사릴 수밖에 없는 것이다.

하지만 호랑이굴에 제 발로 찾아온 그를 은우가 그냥 놓아줄 리 없다.

"그전에 제가 드리고 싶은 말씀이 있습니다."

"말씀하시죠."

"저번 보잉 747비행기 폭파사건에 사용한 폭탄을 선생께서 제작하셨다는데, 그게 사실입니까?"

모하메드는 돌아가는 분위기가 심상치 않다는 것을 느꼈는지, 표정을 굳힌다.

"…무슨 말씀을 하고 싶으신 겁니까?"

"그냥 간단하게 사실 확인을 하고 싶을 뿐입니다."

"어떤 사실을……."

"제가 타고 있던 비행기를 당신이 폭파시켰는지 궁금해서 말입니다."

잠시 후, 접선장소로 관련자들이 줄을 지어 들어선다.

"고, 고창석! 이런 개 같은 작자를 보았나?!"

"한국 사자성어에 이런 말이 있습니다. 인과응보, 저지른 대로 돌아온다는 뜻이죠. 당신 또한 살인을 저질렀으니 벌을 받는 것이 당연한 이치 아니겠습니까?"

그제야 모하메드는 자신이 돈에 눈이 멀어 여기까지 왔다는 사실을 깨닫는다.

하지만 그 역시 그렇게 녹록치 않은 사내는 아니었다.

철컥!

"잊은 모양인데, 네이팜탄은 내가 만들었어! 내가 아무런 방책도 없이 여기까지 왔을 것 같아?!"

여차하면 다 같이 죽자는 소리인데, 과연 삶에 애착이 그렇게 강한 사람이 스스로 목숨을 끊을 리가 없다.

그 사실을 아주 잘 알고 있던 은우는 대수롭지 않게 말했다.

"자폭을 원한다면 그렇게 해. 말리지는 않겠어."

"흥! 말만 앞서는 네놈 같은 자식들을 하루 이틀 보는 줄 알아?!"

"농담 아니야. 자폭하고 싶으면 자폭하라고. 대신, 그 말은 끝까지 책임져야 할 거야. 자폭을 할 생각이 있다는 것 자체가 일단 우리와 적대관계에 있을 수도 있다는 소리거든."

"도대체 나에게 원하는 것이 뭐야?! 내가 벌을 받기를 원하는 건가?"

"죄를 뉘우친다면 좋겠지만 당신은 절대로 그럴 것 같지가 않군. 당신이야 돈 받고 폭탄만 팔면 그만이지만 그로 인해 사람들이 죽는 다는 생각은 전혀 하지 않지. 그렇지 않은가? 네이팜탄으로 인해 죽어나갈 사람이 한둘이 아닐 거라는 것은 지나가던 개도 다 아는 사실일 텐데 말이야."

"지금 나랑 뭘 어쩌자는 건지 모르겠군. 그런 당신들은 그렇게 깨끗한 사람들인가? 당신들로 인해서 고통 받은 사람들이 없다고 어떻게 단언할 수 있지?"

케이지는 자신이 어떤 마음으로 돌아섰는지에 대해 역설한다.

"사람은 죄를 지었으면 벌을 받아야 한다고 생각해. 그래서 나는 감옥에 들어가는 미적지근한 일 말고 평생을 남에게 봉사하면서 살 예정이야. 천영그룹에서 곧 발족하게 될 자선사업단체에 몸을 의탁하면서 어려운 사람들의 손과 발이 되기로 했지. 그것이야말로 내가 죄를 깨끗이 씻어낼 수 있는 방법이라고 생각하니까."

"픕! 무슨 사이비종교 강연장에라도 온 것 같군그래, 그렇게 마음먹고 나니 돈을 다 포기할 수 있게 되던가?"

"내 전 재산은 조카가 대학을 졸업하고 앞으로 먹고 살 수 있을 정도만 남기고 모두 기부한 상태다. 나로 인해서 조카가 피해를 입을 수는 없으니까."

모하메드는 그런 그에게 맹렬한 비난을 쏟아낸다.

"미친 소리! 인간은 무릇 소유욕으로 살아가는 동물이다! 그런 인간이 물질을 포기하면서 살 수 있을 것 같아?! 천만에!"

물질은 곧 세상의 모든 것이라 생각하는 그의 신념은 어지간해서는 변하지 않을 것이다.

은우는 그런 그에게 충격을 안겨주기로 한다.

인천의 허름한 창고에 모여 있던 그들의 앞으로 경차 한 대가 달려와 멈추어 선다.

그리고 차문이 열리며 내려선 사람은 이제 다섯 살이 된 여자아이였다.

"아저씨!"

은우를 보자마자 달려오는 아이를 안아든 은우가 미소를 짓는다.

"잘 지냈니?"

"그럼요! 아줌마가 너무 잘해주어서 좋아요!"

아직까지 세상물정 하나 모르는 어린아이를 두고 은우가 말했다.

"당신으로 인하여 부모를 잃은 아이다. 아직까지 죽음이 뭔지도 모르는 나이지. 장례를 치르던 순간에도 이 아이는 슬픔을 느끼지 못했어. 장례가 무엇을 의미하는지 모르니까."

"장례? 그게 뭔데?"

천진난만한 얼굴의 꼬마아이를 땅에 다시 내려놓자, 그녀는 자신을 돌보아주고 있는 셀리나에게 달려간다.

"아줌마! 장례가 뭐야?!"

어색한 미소를 지은 그녀는 아직까지 아이가 세상을 알지 않기만을 바라고 있었다.

"나중에 키가 좀 더 크면 알려줄게."

"알겠어!"

은우는 그런 아이를 바라보며 말했다.

"네가 저지른 일이다. 아직 단어의 뜻도 제대로 모르는 아이는 앞으로 어머니의 품이 어떤 것인지, 아버지의 존재가 어떤 의미인지 모르고 자랄 거다. 네 덕분에 고아가 생겨난 거지. 저 아이는 무슨 죄로 고통을 받아야 하는가? 만약, 내가 하고 있는 사업으로 인하여 고통 받는 사람들이 있다면 당연히 사죄해야겠지. 하지만 그 첫 목적은 최소한 순고한 것이었다. 너처럼 사람들을 파탄으로 내모는 그런 일은 아니었단 말이지."

모하메드는 처음으로 자신이 저지른 일이 가져온 처참한 결과를 두 눈으로 똑똑히 확인하게 되었다.

자신의 과오로 인하여 부모를 잃은 아이, 그러면서도 그 누구도 원망하지 않는 아이의 모습에 가슴이 아려왔다.

"물론 재화는 사람을 윤택하게 해주지. 그래서 악착같이 돈을 버는 거지. 하지만 그것의 진정한 목적은 행복이라는 것을 잊지 말았으면 좋겠군. 그리고 그 행복은 자신이 떳떳해야 비로소 가치가 있다는 것도 명심했으면 한다."

"……."

충격으로 인하여 말이 없어진 모하메드에게 꼬마아이가 쪼르르 달려와 초콜릿을 한 개 건넸다.

"어제 아줌마가 선물로 준 건데, 아저씨 친구인 것 같아서 주는 거야."

"나, 나에게 이걸 왜……."

"그냥."

"그냥? 내가 밉지도 않아?"

"아저씨가 왜?"

"……."

"난 아저씨가 전혀 안 미운데? 신기하게 생겨서 좋아!"

가슴이 시리다는 표현, 그는 아마 태어나 그런 감정을 처음으로 느낀 듯하다.

급격히 눈시울이 붉어져 고개를 돌려 버린다.

그러자, 꼬마아이는 그의 다리를 붙잡고 나름대로의 위로를 한다.

"아저씨 울어? 우는 사람에겐 산타할아버지가 선물을 안 주신데."

"그, 그런 것이 아니고……."

"뚝! 울면 안 된다니까?"

동심을 잃어버린 그에게 지금 이 상황은 그의 영혼을 치유하는 계기로 다가올 것이다.

아까와 눈빛부터 달라진 그를 바라보며 은우는 흐뭇한 표정을 지었다.

이로써 흉악한 국제범죄자 한 명이 음지에서 양지로 발을 들이게 될 것이다.

*   *   *

블라디보스토크 중앙광장 앞은 화창한 날씨 덕에 연인들과 가족들의 왕래가 빈번한 모습이다.

짝이 아니라면 점심시간을 조금이라도 더 즐기기 위한 회사원들이 휴식을 취하기도 한다.

그런 중앙광장 앞에 선 오리엔은 자신을 노리고 있는 스코프들을 바라보며 실소를 흘린다.

"이래서 인간들이 공멸할 뻔했던 것이 아닌가? 카미엘이 아니었다면 진즉에 멸망했을 종족이야."

인간들은 대륙의 붕괴를 앞둔 순간에도 서로 믿지 못하며 동족상잔을 일삼던 한심한 종족이었다.

오리엔은 그런 인간들의 진정한 지도자가 나타났다는 소식을 들었을 때, 진즉에 그가 이차원에서 온 사람이 아닌가 하는 생각을 했었다.

아니나 다를까, 그는 이 땅에 전혀 욕심이 없는 고결한 이

방인이었다.

카미엘의 그런 면모는 오리엔이 지구라는 차원에 대해 막연한 기대감을 갖게 만들었다.

하지만 그런 막연한 기대감이 깨지는데 걸리는 시간은 일주일도 채 걸리지 않았다.

"기대 이하의 인간들이야……."

오히려 지구의 인간들이 루야나드의 인간들보다 더하면 더 했지 덜하지는 않은 듯하다.

여기저기에서 그를 저격하기 위해 함정을 파놓았지만 그는 절대 도망가거나 도발하여 본격적으로 싸움을 일으키지 않는다.

인간들이란 무릇, 두 개를 주어야 하나를 주게 마련이기 때문이다.

그는 정보와 믿음을, 저들은 오리엔에게 조직을 넘겨주게 될 것이다.

잠시 후, 약속대로 검은색 와이셔츠를 입은 오리엔에게 블라디미르가 다가와 말을 건다.

"생각보다 일찍 나왔군."

"원래 약속은 30분 전에 나오는 것이 예의 아닌가?"

블라디미르는 고개를 가로젓는다.

"아가씨 만나러 왔나? 30분이나 일찍 나오게."

"비즈니스니까."

"하긴, 당신의 입장에선 이게 사업의 일환이겠지."

오리엔은 중앙광장 벤치에 걸터앉으며 말했다.

"저격총이 도대체 몇 자루인지 몰라도 얼굴이 따가울 지경이군."

순간, 정곡을 찔린 블라디미르가 말을 돌린다.

"…일단 자세한 청사진을 좀 들어보도록 하지."

"후후, 이런 가시방석에서 거래라? 이런 긴장감이 썩 나쁘지는 않군."

충분히 의심을 지울 수도 있을 것도 같지만 그는 어쩐지 저격수들을 물리지 않는다.

"용건이 있어 만난 것이니 용건만 간단히 하지."

정색하는 그의 얼굴에서 오리엔은 더 이상 잔정을 기대할 수 없다는 것을 느낀다.

"좋아, 그쪽이 원하는 대로 해주지. 1조원짜리 미끼를 던진 사람은 바로 나다."

블라디미르의 얼굴이 미묘하게 일그러진다.

"당신이 미끼를 던진 쪽이라고? 그렇다면 왜 굳이 나를 찾은 것인가?"

"말하지 않았나? 등가교환이라고. 애초에 난 베르스가 무너지기를 바라고 있던 사람이었어. 그러자면 그들을 어둠

속에서 끌어낼 필요가 있었지. 하지만 내 능력만으론 그들의 뿌리를 뽑을 수가 없다는 것을 깨달았지. 무력으로만 조직을 무너뜨릴 수는 없다는 것을 말이지."

"그러니까 당신의 말에 따르자면 내가 법망으로 그들을 옭아매 버리면 당신이 그 틈을 타 조직을 흡수한다는 건가?"

"이래서 내가 특수수사대를 좋아해. 머리가 잘 돌아가잖아?"

앞으로 과연 오리엔이 무슨 짓을 할지 이 사람들은 신경도 쓰지 않을 것이다.

일단 중요한 것은 눈앞의 문제고, 그것을 해결하고 난 그 이후의 거취는 나중일로 미루려는 심산이다.

급한 일이 끝나갈 쯤에서야 토사구팽을 할지 상부상조를 할지 결정할 것이 뻔하다.

끝이야 어찌 되었던 거래가 성사되면 오리엔에게 무조건 유리하게 돌아갈 것이므로 계속해서 저자세로 나가기로 한다.

"나를 도와줘서 손해 볼 일은 절대로 없을 거야. 그건 당신도 아주 잘 아는 사실일 텐데?"

"흐음……."

"만약 당신들이 도와주지 않는다면 SVR을 찾아가는 것도 나쁘진 않겠군."

해외정보국을 거론하는 그에게 블라디미르가 버럭 소리를 지른다.

"그걸 말이라고 하는 건가?!"

얼굴이 붉으락푸르락하는 블라디미르에게 오리엔은 다소 얄밉게 굴기로 한다.

"왜? 공동수사가 아니었어?"

"그, 그것을 어떻게……."

"내가 그런 사실도 모르면서 당신들에게 접근했을 거라 생각했나? 후후, 나를 너무 띄엄띄엄 보았군그래."

"…나를 도발하겠다는 건가?"

"그거야 당신이 생각하기에 따라 다른 거겠지. 어떤가? 나와 손을 잡을 건가?"

이대로 공적을 빼앗긴다면 블라디미르는 죽어서도 눈을 감지 못 할 것이다.

이어마이크의 발신버튼을 누른 그가 철수를 명령한다.

"저격수 위치에서 이탈해 본대로 복귀한다."

블라디미르는 명령을 내리자마자 신경질적으로 이어폰을 벗어던진다.

"확실한 것이겠지? 미끼를 던져놓았다는 것 말이야."

"물론이지. 설마하니 내가 거짓으로 당신과 손을 잡는다고 했을까?"

"후우…! 좋아, 당신과 손잡도록 하지."

오리엔은 그런 그에게 손을 내밀었다.

"앞으로 잘 해보자고."

어쩔 수 없이 이이제이를 택한 블라디미르의 얼굴에는 사건해결의 희망보단 근심이 앞서는 듯하다.

끝도 없는 의심, 다소 불편한 상황이나마 손을 잡은 것을 어쩌면 다행이라 여겨야 할지도 모를 일이다.

CHAPTER **07**
러시아 아가씨

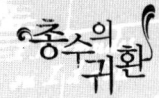

거래를 위한 첫 만남, 분명 사심이 있을 수 없는 만남이다.

하지만 마가리타는 벌써 거울 앞에서 몇 시간 동안이나 옷을 입었다 벗었다가를 반복하고 있는지 도저히 셀 수가 없을 지경이다.

그러나 좀처럼 마음에 드는 옷이 없다.

"이건 너무 노출이 심하고 이건 너무 답답해 보이고……."

결국 그녀는 다른 옷들을 죄다 옷장에 처박아 놓고 쇼핑을 하기로 마음먹는다.

"그래, 첫 만남이니까 신상품으로 치장을 좀 해줘야겠지?"

그의 무뚝뚝하지만 반듯하게 생긴 얼굴을 떠올리자, 가슴이 두근거려 집에 있을 수가 없다.

"후우……! 침착하자. 이러면 내가 지는 거야. 후우……!"

자꾸 심호흡을 해봐도 두근거림이 좀처럼 진정되지를 않는다.

이러다간 심장이 터져 버릴 것만 같다.

어쩌다 이 지경이 된 것인지, 그녀는 최대한 서둘러 집을 나섰다.

*　　*　　*

그녀가 생각하기에 가장 섹시하면서도 적당히 청순미가 있고 귀여워 보이는 옷을 입었고, 보석 또한 과하지 않게 화려한 것으로 골랐다.

너무 신경 쓴 것 같지 않으면서도 유행에 뒤처지지 않는 다는 것은 상당히 힘든 일이다.

그러나 만약이라도 그가 이런 노력 덕분에 넘어온다면 그얼마나 기쁜 일이겠는가?

마가리타는 그를 만나기로 한 모스크바 시청 앞에 서서 오매불망 그가 모습을 나타내기를 기다린다.

"조금 늦는걸?"

남자가 30분 전에 약속장소에 나오는 것은 이제까지 그녀를 만난 남자들은 기본적으로 지키는 덕목과 같은 것이었다.

하지만 이 남자는 정각이 다 되어가는 순간에도 끝내 모습을 드러내지 않는다.

일부러 일찍 나온 그녀만 손해를 보는 느낌이다.

"쳇……. 끝까지 도도한 척이네. 흥! 그래봐야 어차피 나를 벗어날 수는 없을 걸?"

대기업 총수의 아들부터 시작해 연예인까지 각계각층의 남자들을 두루 섭렵한 그녀는 최소한 다른 숙맥들처럼 그 앞에서 주눅이 들어 고개를 숙이고 있지는 않을 것이라 생각한다.

언제나 도도하고 당당한 것이 그녀의 매력이라고 다들 입을 모았기 때문이다.

하지만 그녀의 이런 다짐은 너무나도 허무하게 무너지고 만다.

부아아앙!

부의 상징이라고 불리기도 하지만, 스포츠카는 여성들의 막연한 기대감을 조성하는 차다.

그녀 역시 아무리 부유한 집안의 딸이라고는 하지만 속은 다른 여자들과 별반 다를 것이 없다.

세계에 몇 대 있지도 않다는 슈퍼카가 미끄러지듯 다가와 멈추어 섰고, 그녀의 앞에서 문이 열린다.

끼이익!

"정각에 맞추는 것이 생각보단 힘들군."

문이 열리자마자 보이는 것은 검은색 슈트를 입은 테미안이었다.

마치 초까지 정확하게 맞추기 위해 일부러 늦게 왔다고 광고를 하는 것 같았지만, 마가리타의 눈에는 그저 애교로 밖에 보이지 않는다.

'훗……! 그냥 쑥스러우면 그렇다고 말을 하지. 은근히 귀여운 구석이 있네?

그녀는 그가 일부러 속칭 밀고 당기기를 하기 위해 늦은 것이라 생각하고 만다.

과연 그가 어떻게 생각할지 의문이다.

＊　　　＊　　　＊

흑사회가 소유하고 있는 차 중에 오늘 당장 움직일 수 있는 차량은 상당히 제한적이었다.

거의 모든 차가 평일인 오늘의 스케줄 때문에 빠져나갔던 것이다.

결국 그는 전생에 왕진이 가장 좋아했다던 스포츠카를 타고 모스크바 시내를 누빌 수밖에 없었다.

한데 이 스프츠카라는 것이 시간절약에 아주 탁월한 효과가 있었다.

어디를 가든지 빨리빨리 이동할 수 있어 불필요하게 시간을 사용하지 않게 된 것이었다.

만나자마자 식사를 하자는 그녀의 제안에 그는 전 속력으로 도로를 질주하는 중이었다.

부아아아앙!

그런 그의 옆에 앉은 그녀는 다소 창백해 진 얼굴로 물었다.

"워, 원래 그렇게 성격이 급해요?"

"시간은 금이라는데 그럼 언제고 느리게 갈 수는 없는 노릇 아닌가?"

"그건 그렇지만……."

"만약 천천히 하는 것이 네 취향이라면 그렇게 해라. 하지만 내 취향은 전혀 아닌 것 같군."

인간은 각자의 취향을 아주 중요하게 여긴다는 말을 들었던 그는 그것을 나름대로 존중해 주려는 것이었다.

어차피 며칠 후면 철전지 원수가 될 것이지만 이 또한 인간 세상에 적응하기 위한 하나의 연습이라고 생각하면 시간이 마냥 아깝지만은 않다.

어쩐지 목적지라고 말한 식당에 들어서는 순간까지 그녀
는 아무런 말이 없었다.

*   *   *

설마하니 대놓고 진도를 빨리빨리 나가자는 말을 이런 식
으로 직설적으로 말할 줄은 몰랐던 그녀는 가슴이 터질 것 같
아서 말도 제대로 꺼내지 못할 지경이었다.

이렇게 저돌적인 남자는 태어나서 처음이었던 것이다.

어디로 튈지 도대체 알 수가 없는 그의 행동은 오히려 매력
으로 다가온다.

식당에 도착해서도 차에서 내려 먼저 식당으로 들어가 미
리 주문을 하는가 하면, 식사를 하는 내내 아무런 말을 하지
않았다.

게다가 무슨 식사를 그렇게 급하게 하는지, 같은 앉은 사람
이 다 배부를 지경이었다.

"고기라는 것이 생각보다 맛있군. 그렇지 않은가?"

벌써 스테이크만 네 접시째 비우고 있는 그의 표정은 상당
히 만족스럽다는 눈치다.

정말 데이트라는 자각이 있기는 한 것인지 의아해지지만
지금까지의 행동으로 미뤄보면 그리 놀랄 일도 아니었다.

"그래요, 맛있네요."

"하지만 너는 왜 먹지 않는 거지? 사실은 맛이 없는 것 아닌가?"

남자 앞에서 마음껏 식사를 할 수 있는 여자가 사실 얼마나 되겠는가?

하지만 잘 먹는 것이 취향이라면 그대로 해주어야 하는 것이 여자 된 도리라는 생각이 든다.

"아, 아니요! 저는 원래 맛있는 것을 아껴두었다 먹는 버릇이 있어서 그래요."

"별 희한한 버릇이 다 있군. 하지만 오늘은 그럴 필요 없다. 원래 거래를 트는 쪽에서 식사를 사는 것이라고 하더군, 그러니 먹고 싶은 대로 다 먹어도 상관없다."

자신은 통이 큰 남자라는 것을 역설하는 것인지, 아니면 대식가가 좋다는 것인지 조금은 애매한 감이 있다.

그러나 이러면 어떻고 저러면 어떠하리?

가장 중요한 것은 그와 함께 시간을 보내고 있다는 것이었다.

그녀는 그를 따라 빠른 속도로 고기를 먹어치워 나간다.

＊　　　＊　　　＊

마치 뷔페에서 식사하는 것처럼 무지막지하게 먹어치우는 두 사람을 바라보며 레스토랑 직원들은 푸드파이터가 아닐까 하는 생각까지 한다.

하지만 진심으로 배가 부르다는 것이 어떤 느낌인지 느껴본 적 없는 테미안으로서는 먹고 또 먹어도 배가 차지 않는다.

그러나 배불리 먹는 것이 인간들의 최종 목적이라고 들었으니, 입에 맞는 고기를 찾았으니 배가 터질 때까지 먹어볼 요량이다.

하지만 덩달아 함께 고기를 쑤셔 넣고 있는 그녀의 모습은 마치 자신과 같은 마족을 보는 느낌이었다.

어차피 먹을 것이라면 돈을 아낄 필요가 없으니 그녀 역시 먹을 수 있는 데까지 먹으라고 해두었다.

쌓여 있는 접시만 네 개째가 되어가지만, 그녀는 포크를 놓을 생각을 하지 않는다.

일단 인간들이 식사를 대접하는 방식과 최대한 비슷하게 원래의 양보다 더 많이 주문한다.

"여기 스테이크 3인분 추가!"

"예, 알겠습니다."

그녀의 표정이 살짝 일그러졌지만, 그는 그것을 파악하지 못한 듯하다.

"보통 이런 경우 많이 먹으라고 권한다고 하더군. 그런가?"

"그, 그렇긴 하죠."

"그럼 많이 먹으라고 해야겠군."

과연 그녀의 표정이 무엇을 뜻하는지 알 수가 없으니 그저 함께 식사를 할 뿐이었다.

*　　　　*　　　　*

눈치가 없는 것인지, 아니면 단순히 함께 먹는 것이 좋은 것인지 몰라도 그는 끊임없이 고기를 주문해 댄다.

이제 더 이상 먹을 수 없을 것 같아 포크를 놓을 만하면 계속해서 시켜대는 바람에 위가 터질 지경이었다.

떨리는 손으로 다섯 접시째 비웠을 때, 그녀는 더 이상은 인간의 한계라는 것을 절감한다.

"…잘 먹었어요."

잘 먹었다는 소리와 함께 그는 포크를 내려놓는다.

"그렇군. 이제 더 이상 먹지 못할 상태가 된 모양이야."

"뭐, 그렇다고 할 수 있죠……."

"그럼 더 이상 이곳에 있을 필요가 없지 않은가?"

"네, 네?"

"식사가 끝났는데 이곳에 있어서 뭘 하겠는가? 안 그런가?"

"여기가 아니면 어디를 가는데요?"

"글쎄, 그것까진 계획에 있지 않다."

"그럼 어디까지 계획에 있는데요?"

"하루를 할애하라는 뜻이었다면 내일까지 네가 원하는 데로 움직이는 것이 전부다."

"내, 내일까지요?"

"그렇다. 엄연히 오늘이 지나고 내일이 와야 계약 조건이 성사되는 것이니까."

함께 있고 싶다는 소리를 이렇게 빙빙 돌려서 하는 것을 보면 아주 선수는 아닌 모양이다.

어쩐지 다행이라는 생각이 들기도 한다.

＊　　　＊　　　＊

늦은 저녁, 이 사람이 과연 사람이 맞는 것인지 의심이 된다.

술이라면 어른들에게도 지지 않을 정도로 잘 마시는 마가리타지만 도저히 이 사람은 술에 취할 기미를 보이지 않는다.

"딸꾹! 원래 그렇게 술을 잘 마셔요?!"

그는 아무렇지도 않다는 듯 말한다.

"이깟 알코올에 취할 것 같으면 이 짓을 하고 있지도 않을 거다."

술에 대한 내성이라도 있는 것일까?

하지만 그녀에게 있어 이 상황은 그렇게 나쁘다고 만은 할 수 없다.

때론 술에 취한 여자는 남자들의 욕망을 끌어올리기도 하기 때문이다.

"흐응…… 저는 조금 취하는 것 같네요."

"꼴을 보아하니 확실히 그런 것 같군."

"후우……! 너무 취했는데 어쩌죠?"

"어쩌긴 뭘 어째. 잠시 술이 깰 수 있도록 쉴 만한 공간을 찾아봐야지."

그래도 저 성격에 버리고 집에 간다고 하지 않은 것만으로 감읍해할 지경이다.

"그럼……. 근처 호텔로 갈까요?"

"아직 걸어 다닐 정신은 있는 모양이군. 호텔을 찾는 것을 보니 말이야."

"글쎄요, 너무 어지러워서 그럴 정신이 있을지 모르겠어요."

어쩌면 술에 취해 남자와 함께 호텔에 들어가는 것이 헤픈

여자로 보일지도 모른다.

하지만 열 번을 만나는 동안 그를 제대로 알기 위해서는 이 방법이 가장 좋다는 생각이 들었던 것이다.

한데, 그는 너무나도 쉽게 그녀의 제안을 받아들인다.

"어차피 거래조건에 들어 있던 것 아닌가? 호텔로 가지."

"…너무 빠른 것 아닐까요?"

문득 살짝 무서운 생각이 들어 망설이는 그녀에게 그는 오히려 밀어붙이듯 말한다.

"잡아먹지 않는다. 나는 인간을 잡아먹는 그런 종속은 아니다."

잡아먹지 않는다는 뜻이 과연 무엇을 뜻하는 것일까?

그녀의 빠른 두뇌회전은 그 말이 오늘 밤은 건드리지 않겠다는 약속으로 들린다.

'생각보다 더 괜찮은 사람인데?

여자는 술에 취했고, 먼저 호텔로 가자는 얘기를 꺼냈다.

세상 그 어떤 남자가 이런 절호의 기회(?)를 스스로 포기할 생각을 할 수 있을까?

하지만 그는 보란 듯이 그녀를 건드리지 않겠다는 다짐을 한 것이다.

나중 일이야 어찌 될지는 몰라도 지금 그녀는 그에게 상당한 호감이 생기는 것을 느낀다.

안 그래도 가슴이 설레는 그의 무뚝뚝한 표정이 유난히도 멋있어 보이는 것 같다.

만약 호텔에 들어가면 오히려 이 남자보다 그녀가 더 불타오를지도 모를 일이다.

이제 슬슬 자리에서 일어선 그녀는 불현듯 중심을 잡지 못하는 척을 한다.

"어머!"

그러자, 그의 손이 그녀의 허리를 낚아챈다.

"술은 인간에게 백해무익하다더니 정말이군."

탄탄하고 굵직한 그의 팔이 허리를 감싸자, 마치 심장이 터져 버릴 것처럼 뛴다.

두근!

처음엔 분명 연기로 쓰러지는 척을 했지만, 지금은 그 반대로 진짜 다리가 풀려 버렸다.

몸에 힘이 아예 들어가지 않아 좀처럼 일어설 수가 없다.

"허윽……!"

"다리에 힘이 풀린 건가? 참, 가지가지 하는 여자군."

"수, 술을 너무 많이 마셨나봐요……."

자신도 모르게 콧소리가 흘러나오는 것을 보니 확실히 그에게 마음이 동한 모양이다.

결국 그녀가 원하는 대로 그의 품에 안겨 호텔로 들어갈 수 있게 되었으니, 오늘은 참으로 행복한 밤이 될 것 같다.

* * *

마약을 거래하기로 한 날짜는 입금일로부터 정확히 열흘 후로 정해졌다.

지금까지 베르스 가문에서 축적해 둔 마약의 양으로는 조건을 충족시킬 수 없었던 것이다.

거점은 가지고 있지 않지만, 이곳저곳에 베르스 가문과 비슷한 구조의 점조직들이 군도를 이루고 있어 창고에 쌓아둔 물건만 운반하면 거래를 하는데 큰 문제는 없을 것으로 보인다.

FBS 마약전담반은 그때를 대비하여 경찰특공대 3개 중대와 경찰청 소속 강력반 두 개의 지원을 요청한 상태였다.

하지만 문제는 아직까지 그들이 어떤 경로로 마약을 건넬지 저해지지 않았다는 것이었다.

이미 뒷골목 정보통들이 오리엔의 말이 사실이라는 증거를 여기저기서 가지고 오고 있었지만, 정작 어디서 거래를 하는 것인지는 장본인인 오리엔 조차 모른다고 하니 답답할 따름이었다.

경찰청 지원 팀장은 블라디미르에게 좀 더 자세한 청사진을 요구한다.

"이렇게 흐리멍덩한 계획에 우리 병력을 투입시킬 수는 없습니다. 특공대는 물론이고 형사들이 대거 빠져 버리면 경찰 내부에서는 상당히 부담감을 가질 수밖에 없습니다. 반장님도 잘 아실 것 아닙니까? 병력의 공백이 얼마나 무서운 것이지 말입니다."

이제는 경찰에서까지 자신을 압박하는 가운데, 블라디미르는 애서 침착함을 유지하려 애쓴다.

"그러니까 내가 이렇게 부탁하는 것 아닌가? 만약 이대로 베르스 가문을 놓치면 앞으로 평생 저들을 잡을 기회는 오지 않을 거야. 그건 자네들에게도 썩 좋은 일은 아닐 텐데?"

"뭐, 그건 그렇습니다만……."

"그리고 근 100년 동안 골머리를 앓았던 마약조직을 소탕하는 공적이 얼마나 클지는 굳이 말하지 않아도 잘 아리라 생각하네만?"

경찰은 실적을 생명처럼 여기는 사람들이다.

"험험! 뭐 꼭 그런 것은 아니지만, 그래도 좋은 것이 좋은 것이니까 실적에 대한 것은 반장님께서 알아서 잘 챙겨주시리라 생각합니다. 듣자하니 부청장님과도 상당한 친분이 있다고 하던데……."

"그 친구? 내가 경찰에 있을 때 죽마고우처럼 지내던 동기

지. 지금도 가끔 함께 술을 마시곤 한다네. 실적에 포함시켜 주는 것쯤이야 문제 있겠나?'

경무관 진급을 앞둔 지원 팀장은 자신이 원하는 바를 이제야 이뤘다는 듯, 협조적으로 나온다.

"그럼 열흘 후에 출동하는 것으로 알고 말씀하신 병력들을 전부 비상대기 시켜놓겠습니다."

"이제야 말이 좀 통하는군. 이렇게 화끈한 사람이 아까는 도대체 왜 그런 건가?"

"딱히 제가 반장님을 싫어해서 그런 것은 아닙니다. 아시죠?"

"…잘 알지."

서열로 따지나 경력으로 따지나 까마득한 후배가 이렇게 압박을 하다니, 블라디미르의 체면이 말이 아니다.

하지만 어쩌겠는가? 지금 그는 자신의 평생을 바친 것을 위해 자존심을 버린 상태다.

이보다 더 어린 사람들에게라도 머리를 숙일 판이다.

이윽고 자리에서 일어선 지원 팀장이 꾸벅 고개를 숙인다.

"그럼 잘 부탁드립니다, 선배님."

"그, 그래. 알겠네."

"아시죠? 선배님은 저희 경찰들에게 있어 전설과도 같은 존재입니다."

한때 체포왕이라 불렸던 블라디미르의 전설은 말단 순경까지 전부다 알 정도로 유명하다.

만약 증거만 확실한 사건이었다면 이렇게 아쉬운 소리를 하지 않아도 알아서 지원을 해주었을 것이다.

하지만 자신이 불리한 상황이니 어쩔 수 없이 또 한 번 비위를 맞춰준다.

"하하! 그것도 다 옛날 말이지. 지금은 퇴물이나 다름없어."

"아닙니다. 아직까지 매의 눈으로 범인들을 낚아채시지 않습니까?"

어쩐지 영혼이 없는 아부에도 그는 억지로 미소를 짓는다.

"하, 하하…! 고맙네그려."

"아무쪼록 동기 되시는 부청장님께는…….."

"알겠네. 알아서 잘 말하겠네."

"감사합니다! 그럼 저는 이만…….."

이윽고 뒤도 돌아보지 않고 돌아서는 그를 바라보며 블라디미르가 조용히 읊조린다.

"빌어먹을……. 언제부터 경찰이 저렇게 거꾸로 돌아갔어? 이래서 무슨 범인을 잡겠다고……! 내가 경찰에 있었다면 절대 상상도 할 수 없는 일이었을 텐데!"

새파랗게 어린 후배의 오만한 태도에도 몸을 사려야 한다니, 오늘따라 서럽게 나이를 먹었다는 생각이 자꾸 든다.

＊　　＊　　＊

모스크바 리츠 카튼 호텔, 런던과 마드리드 호텔의 명성과 비교해도 손색이 없는 건물이다.

마치 이곳에 예약이라도 했다는 듯, 테미안은 거침없이 차를 몰아 호텔 앞에 정차했다.

"어차피 내가 머무는 곳은 너무 멀고 이곳이 딱 적당할 것 같군."

어쩌면 그녀를 만나기 위해 미리부터 호텔을 물색했을 수도 있다는 생각이 들지만, 마가리타는 어찌 되어도 좋다는 듯 그의 곁에서 부스스 눈을 뜬다.

"우웅……. 아무 곳이나 다 좋아요. 좀 피곤해서……."

차에서 내리자마자 테미안은 호텔리어에게 열쇠를 건넨다.

"팁은 내일 차를 가져오면 주도록 하지."

"감사합니다."

이윽고 옆 자리에 앉아 있던 그녀를 안아들다 시피해서 하차시킨다.

무겁기는커녕 아예 무게감도 전혀 느껴지지 않는 다는 듯,

마가리타를 번쩍 들어 올린다.

　순간, 그녀는 화들짝 놀라 그의 목에 재빨리 팔을 두른다.

　"반사 신경이 생각보다 좋군."

　"…고소공포증이 있어서요……."

　그리고는 별달리 감흥 없는 표정으로 호텔로 들어섰다.

　그대로 프런트로 다가가 체크인을 하고 방을 배정받는 동안에도 그의 표정에는 별다른 변화가 없어 보인다.

　하지만 그의 품에 안긴 마가리타의 입장은 정반대였다.

　향수를 뿌리는 사람 같지도 않은데, 어쩐지 그의 숨결에서 좋은 냄새가 나는 것 같았기 때문이다.

　뜨거운 그의 숨결이 얼굴을 스칠 때마다 몸이 움찔거릴까 긴장하는 바람에 어깨가 결릴 지경이다.

　하지만 이대로 시간이 멈추어 버렸으면 좋겠다는 상상을 해본다.

　오늘 묵게 될 방은 15층, 엘리베이터를 타고 올라가는 동안 숨도 쉬지 못할 정도로 고요한 정적이 흐른다.

　그저 묵묵히 그녀를 안고 있는 테미안이야 상관없겠지만, 마가리타는 숨을 쉬는 것조차 부담스러울 지경이었다.

　행여나 숨을 크게 쉬다 심장 뛰는 소리가 그의 귀에 들릴까 걱정이 되었던 것이다.

　그렇지만 이런 긴장감이 썩 나쁘지는 않은 듯하다.

이렇게 가슴이 두근거리는 것이 도대체 얼마 만인지, 그녀는 지금 이대로 죽어도 원이 없겠다는 생각이 들어 미소를 짓는다.

하지만 엘리베이터는 야속하게도 초고속이었고, 올라선 지 얼마 되지 않아 목적지에 도착했다.

팅!

문이 열리며 어슴푸레한 복도의 전경이 눈에 들어온다.

뚜벅, 뚜벅⋯⋯.

발걸음소리가 마치 가슴을 쿵쿵 울리는 듯, 아주 크게 들려온다.

한 손으로 그녀를 받친 채로 방문을 열고 객실 문을 열자, 온통 핑크빛 거실과 레이스가 달린 침실이 모습을 드러낸다.

거기에 붉은색 무드 등이 비춰내려 미묘한 분위기를 연출하고 있었다.

거대한 침대에 다가선 그는 그녀를 살며시 내려놓고는 근처에 있는 의자를 하나 꺼내어 앉는다.

그리고는 등받이에 기대어 앉아 책을 읽기 시작한다.

"으음⋯⋯!"

몸을 꿈틀거리며 그의 시선을 이끌어보려 하지만, 그는 어쩐지 눈길조차 주지 않는 것 같다.

하염없이 책만 들여다보고 있는 그를 보고 있자니 그녀의 가슴은 타들어가는 것만 같았다.

막상 말은 그렇게 했지만 설마하니 정말로 그녀를 가만히 내버려둔다면 상당한 타격을 입을 수도 있었기 때문이다.

여자로서 매력이 없다는 것만큼 자존심이 상하는 일이 또 어디 있단 말인가?

한편으로는 고마우면서도 어쩐지 기분이 나쁜 것은 그녀가 천상여자라는 증거일 것이다.

급기가 그녀는 자리를 박차고 벌떡 일어선다.

"저기요!"

책을 읽다말고 무슨 일인가 싶었는지, 그가 고개를 돌린다.

"무슨 일이지?"

"아무리 말은 그렇게 했다고는 해도 이렇게 아무렇지도 않게 책을 읽을 수가 있어요?"

"그럼 술에 취한 사람과 무슨 얘기를 더 한단 말인가? 듣기론 술에 취하면 제대로 된 사고를 할 수 없다고 하던데."

"그거야 상황에 따라 다른 거고요!"

"흐음……. 뭐가 그렇게 복잡한가? 사람은 다 같은 것 아닌가?"

"그렇긴 하지만……."

"그럼 답은 간단하겠군. 너는 거기서 잠을 자고 나는 계약 조건대로 여기서 책을 잃으면 그만이다."

가만히 듣고 있자니 지금 이 상황 모두 계약에 의해서 벌어진 그야말로 '조건'이었다는 소리로 들린다.

"…그럼 당신은 나에게 일말의 감정도 없는데 여기까지 왔단 말인가요?"

"감정이라? 그런 것이 꼭 필요한가? 나는 네가 원해서 왔고 거래를 성사시켰다. 뭔가 잘못되었나?"

차라리 대놓고 싫다고 면박을 주면 몰라도 아예 그런 감정조차 없다니, 그녀의 자존심은 구겨질 대로 구겨진다.

"당신 정말… 나쁜 사람이군요."

그런 그녀의 기분을 이해할 수 없다는 듯, 테미안이 고개를 갸웃거린다.

"내가? 내가 뭘 어쨌다고 나쁘다는 것인가?"

"사람의 감정을 가지고 노는 게 세상에서 제일 나쁜 짓이에요. 당신은 그 사실을 전혀 모르는 것 같군요."

이윽고 자리에서 일어선 그녀가 핸드백을 챙겨 호텔 방문을 열고 밖으로 나선다.

그럼에도 불구하고 그는 그녀를 잡을 생각을 하지 않는다.

끝까지 자리를 보존하고 있는 그의 모습에 마가리타는 자신도 모르게 눈물을 흘린다.

이것은 이 짧은 순간, 그를 사랑해서가 아니라 그저 분노로 인하여 나오는 눈물이었다.

그녀가 문을 거칠게 닫고 사라진 방에 혼자 남은 테미안이 고개를 갸웃거린다.

"뭐가 어떻게 된 것인지 모르겠군. 이래서야 어디 인간들과 함께 일할 수 있겠어?"

그리고는 곧바로 다시 독서에 몰두했다.

*　　　*　　　*

거래를 위해 클라이언트를 만나러 나간다던 딸이 술에 취해 들어왔고, 그로부터 이틀 후엔 자리에서 일어날 생각을 하지 않고 있다.

마가리타의 아버지 세르게이는 입을 닫고 말 한 마디 하지 않은 딸 때문에 속이 터져 버릴 지경이었다.

"도대체 어떤 자식이 우리 딸을 이렇게 만들어 놓은 거야?!"

딸은 아버지에게는 절대 말을 하지 않을 것이고, 그는 아내에게 불만을 토로한다.

하지만 아내 역시 끝까지 딸의 프라이버시를 지켜주기로 한다.

"상사병은 스스로 이겨내지 않으면 절대 극복할 수 없는 병이에요. 알죠?"

"그, 그런 말도 안 되는……."

"그러니 조금만 참고 기다려요."

세르게이는 자신의 딸을 울린 남자가 잡히기만 하면 가만히 두지 않겠다는 굳은 다짐을 했다.

*　　　*　　　*

차원의 틈을 넘어오면서 에리시아의 머리에는 기억의 봉인이라는 각인이 씌워지게 되었다.

그런 이유로 그녀의 기억은 자신이 누구인지의 자각도 없이 마리우스와 사랑을 시작하던 그때로 돌아가 있었다.

"마리우스……."

멀리서나마 자신을 지켜보는 마리우스의 이름만 되뇌이지만, 그는 이곳으로 올 수가 없었다.

미로의 구석에 쪼그려 앉아 있는 그녀를 바라보는 마리우스의 가슴 또한 찢어지기는 마찬가지였다.

그 옛날, 그녀를 안으며 평생 지켜준다던 약속이 머리를 맴돌았던 것이다.

"미안하다, 정말 미안하다……."

서로를 바라보는 눈빛에 애틋함이 가득하다는 것은 두 사람을 쭉 지켜보던 제이나 역시 어렵지 않게 알 수 있었다.

그리고 그녀는 만약 때가 된다면 두 사람을 위해 대의를 걸어도 좋다는 생각을 하게 되었다.

자신의 손에 의해 죽어나갔던 수많은 목숨, 그들이 무고하다는 것은 그녀 역시 일찍이 알고 있었다.

"이번에는 그런 무고한 희생이 없도록 할 겁니다. 당신이 아닌 나와 전우들을 위해서도 말이죠."

그녀는 이내 군부로 향했고, 마리우스는 그런 그녀의 기척을 느끼지 못하고 있었다.

마리우스는 눈물을 삼키며 속으로 다짐했다.

"죽는 한이 있어도 너를 지키고 말 것이다……!"

CHAPTER **08**
지각변동

마약 거래를 의뢰한 지 일주일이 지났고, 베르스 가문은 정말로 1조원 규모의 마약을 끌어모았다.

장사란 무릇 자신들의 자산을 기반으로 하는 것, 베르스 가문은 그들이 남길 이윤을 제외한 모든 가산을 털어 물건을 준비했다.

만약 이 거래가 불발되는 날에는 심각한 타격을 입을 것이지만, 그만한 위험도 없이 장사를 하는 사람은 아마 없을 것이다.

마약을 거래하기 전, 마지막으로 베르스 가문과 테미안이 접선을 하는 날이다.

어두운 낯빛의 마가리타와 다소 불편한 기색의 세르게이
가 자신들이 모아온 목록에 대해 설명한다.

"우리가 모아온 물건들은 모두 최상급의 품질들로, 가루로
절반, 그리고 알약으로 절반입니다."

"효과는 그만큼 보증하는 것이겠지?"

"원하신다면 샘플을 제공해드리지요. 그렇게 해드릴까
요?"

처음과는 다르게 상당히 사무적으로 변한 그녀의 말투에
도 그는 별다른 감흥이 없는 듯하다.

원래 밋밋하고 무뚝뚝한 그의 태도 그대로다.

"아니, 필요 없다. 이대로 거래를 진행하도록 하지. 베르스
가문이라는 이름이 물건을 보장하는 것 아니겠나? 설마하니
천하의 베르스가 거짓으로 장사를 하지는 않을 테니까."

"…고맙군요."

가만히 두 사람을 바라보고 있던 세르게이가 대화에 끼어
들었다.

"접선장소는 어떻게 하겠나?"

상당히 차분한 말투지만 표정은 그렇지 못한 듯하다.

분명히 거래를 하는 입장이지만, 딸이 그로 인하여 상처를
받았다는 사실을 알고 있었기 때문이다.

여차하면 한 대 쥐어 팰 듯 노려보는 세르게이의 시선을 테미안은 그저 살며시 흘려버린다.

"알아서 정해라. 물건을 주는 사람들이 편한 곳으로 정하는 것이 관례가 아닌가?"

"엄연히 말해 돈을 주는 사람은 당신이니 당신이 정하는 것이 맞지."

"나는 아무래도 상관이 없다. 경찰이나 정보부에 적발되지 않는 선에서 거래하는 것은 당신들 전문이니 당신들을 믿겠다."

"우리 관계에 믿음이 있었다니, 신기하군."

"그럼 신뢰도 없이 거래를 한다고 생각하는가? 나 역시 분명히 소속을 밝혔고 당신들이야 두말할 것 없지 않은가? 이름을 맞대고 거래하는 데 신뢰가 없을 리가 없지."

예림건설의 이름을 대놓고 밝힌 그는 대한민국 폭력조직을 장악하겠다는 포부를 밝힌 바가 있다.

그러니 일단 서로 통성명은 다 했고, 목적도 뚜렷한 편이었다.

다만 그사이에 마가리타가 끼어 있다는 것이 문제랄까?

겉으로 보기엔 전혀 문제가 없어 보이지만 모두가 혈연으로 엮인 베르스의 입장에서는 테미안이 살짝은 껄끄러울 수밖에 없었다.

하지만 어디까지나 사적인 감정은 배제해야 하는 법, 세르게이는 떨떠름하나마 악수를 건넨다.

"아무튼 잘 부탁하네."

"우리야말로 제대로 된 물건만 준다면 앞으로 당신들과는 협력관계로 남고 싶다. 그런고로 잘 부탁한다는 말은 우리가 해야겠지."

공적으로 본다면 어디하나 나무랄 데가 없는 테미안에게 마가리타 역시 살짝 고개를 숙인다.

"고마워요. 나는 여기까지이니 만약 다음 거래가 필요하다면 연락주세요."

"알겠다. 지금까지 아주 고마웠다."

그러면서 테미안은 주머니에서 작은 상자를 하나 꺼냈다.

"우리 조직에서 주는 선물이다. 베르스가에는 여자가 아주 많다고 하더군."

상자 안에는 파란색 다이아몬드가 들어 있었다.

"그 많은 여자에게 모두 선물을 줄 수 없으니 기왕이면 가장 비싼 것으로 준비했다."

"웬 선물인가?"

"우리 관계가 유지되기를 바라는 보스의 마음이라고나 할까? 내가 고른 물건이라 마음에 들지 모르겠군."

마치 자신을 위해 준비한 선물인 양, 마가리타의 얼굴이 조금씩 퍼지는 것 같다.

"…블루사파이어군요."

성인 남성 손가락만 한 블루사파이어는 수십 억대를 호가하는 물건이다.

테미안 같은 사람이 모조품을 취급할 리가 없으니, 최소한 건물 하나는 거뜬히 사고도 남을 보석이 분명하다.

세상의 그 어떤 여자가 보석을 싫어할 수 있겠는가?

"품질은 내가 보증하지. 마음에 들면 네가 가져도 좋다."

반지를 받은 마가리타가 급기야 배시시 미소를 짓는다.

"정말요?"

"물론이다. 내가 빈말하는 것 보았나?"

멀쩡한 여자를 두고 잠자리를 갖지 않은 것은 그녀에 대한 매너였다는 식으로 머리가 돌아가기 시작한다.

"정말 예쁘네요."

"그렇다면 다행이군. 제대로 된 주인을 찾지 못한 보석이 무슨 가치가 있겠는가?"

"흐응……. 그런가요?"

"당연한 소리를 뭘 되묻는가?"

"……."

두 사람 사이에 낀 세르게이가 황급히 거래를 끝맺는다.

"일단 접선장소를 정해 기별하도록 하지."

"알겠다. 그럼 그때 보는 것으로 알겠다."

그리고는 스포츠카에 몸을 싣는 그에게 마가리타가 외친다.

"잠깐!"

그녀의 외침에 세르게이의 얼굴은 와락 일그러졌고, 테미안은 고개를 갸웃거린다.

"무슨 일인가?"

"저번에 내가 했던 말 기억하죠? 우리 거래조건 말이에요."

테미안은 당연하다는 듯 고개를 끄덕였다.

"물론이다. 열 번 만나면 거래를 튼다고 했었지."

그 소리를 들은 세르게이의 얼굴이 경악으로 물든다.

"뭐, 뭐라?! 거래 조건이 열 번의 만남이었다고?!"

"일이 그렇게 되었어요. 아무튼 그 약속 잊지 않았죠?"

"그렇다. 잊을 수는 없지. 그것도 거래의 일환이니까."

세부적인 조건들이야 서로 접선을 통해 조절했으나, 처음 어떻게 거래가 성사되었는지는 세르게이조차 아는 바가 없었다.

한마디로 세르게이는 좀 더 이득을 볼 수 있는 거래를 딸의 연애사 때문에 망친 셈이다.

"…무슨 그런 말도 안 되는 조건을 수락할 수가 있지?"

"접선책의 제안이니 나야 당연히 들어주어야 하는 것 아닌가? 거래를 먼저 트자고 한 것은 우리 쪽이니까."

테미안은 철저히 자신들에게 고개를 숙였다는 입장이고, 세르게이는 앉아서 뒤통수를 맞은 격이다.

"마가리타……!"

그녀는 아버지의 시선을 철저히 외면한 채 테미안의 타 옆자리의 문을 열었다.

"그 만남 오늘로 당기죠."

"알겠다. 그렇게 하도록 하지."

"자, 잠깐!"

"어서 시동 걸어요."

부아아앙!

그리고는 뒤도 돌아보지 않고 그의 차를 타고 횡하니 떠나버린 딸을 바라보며 세르게이는 두 주먹을 불끈 쥐었다.

"다시 만나면 모가지를 비틀어주지……!"

*　　　　*　　　　*

접선장소에서 얼마 떨어지지 않은 곳에서 테미안과 세르게이의 협상을 망원경으로 지켜보던 블라디미르가 고개를 갸웃거린다.

"당신의 접선책과 저 집 딸내미가 원래 그렇고 그런 사이 었나?"

"나야 모르지. 거래를 트기 위해 일부러 접근한 것인지 도."

"의외군. 베르스 가문이 처음 거래를 맺는 사람과 깊은 관계로 발전하려고 하다니 말이야."

"흐음…… 테미안이 생각보단 머리가 좋군."

자의든 타의든 테미안이 그녀와 엮인 것은 틀림없는 사실로 보였다.

인간여자에게는 별달리 흥미가 없다던 그의 입장과는 정반대라 오리엔은 흥미롭다는 듯 미소를 짓는다.

"아무튼 전선장소는 이번 주 내로 결정될 것 같으니 서로 준비나 철저히 하자고."

"약속은 꼭 지키는 거겠지?"

"물론이지. 우리 역시 정부에서 일하는 사람들인데 설마하니 거짓말을 하겠어?"

"그 말 한번 믿어보도록 하지."

워낙 배신이 판치는 것이 마약사범과 정부기관의 관계인지라 어느 한 쪽 쉽사리 믿을 갖기가 힘든 듯하다.

두 사람은 앞으로의 계획을 실현시키기 위해 움직이기 시작한다.

                    *   *   *

천계의 중앙회의가 열리는 날, 대제사장 클레이톤은 바로
어제 확인된 사실을 제사장들에게 공표한다.

"어제 이계에서 건너온 드래곤이 왜 이곳으로 온 것인지
알아내었소."

여차하면 그들의 뜻과는 정반대로 그녀가 천계의 땅을 밟
을 수 있다는 생각에 제사장들이 귀를 기울인다.

"이유가 무엇이랍니까?"

"그녀는 마왕이 권좌를 인계했다는 사실 때문에 이곳으로
온 것이오."

순간, 제사장들이 이해를 할 수 없다는 듯 고개를 갸웃거린
다.

"마왕의 권좌가 이양되었다니, 그런 일이 있을 수 있단 말
입니까?"

"아주 불가능하지는 않소. 어차피 마왕의 심장이 권능을
부여받는 것은 마족들의 충성이 있을 때 이니까. 지금 모든
마족들은 천계로 올라와 마왕의 심장은 그 힘을 잃어가는 중
이었소. 그런 상황이라면 차라리 베리엘라에게 권좌를 넘기
는 편이 유리했을 것이오."

"흐음……."

"문제는 마왕이 바뀌는 과정에서 무슨 일이 일어났는가 요."

"권력이 이양되면서 분명 다른 수를 생각했을 거란 말입니까?"

"그 목적을 이행하기 위해 그녀가 차원을 넘어서 왔겠지요."

"도대체 무슨 꿍꿍이를 가지고 있기에……."

"더 생각할 것도 없소. 그녀가 마족과 손을 잡고 이곳에 있는 마족들을 이계로 끌고 가려는 것이겠지."

제사장들은 경악에 찬 눈으로 그를 바라본다.

"그, 그것이 말이나 된답니까? 어떻게 한두 명도 아닌 마족들이 차원을 넘어 지구라는 곳으로 간단 말입니까?"

"차원의 틈을 빠져나가자면 강력한 영혼이 필요하지만 그녀의 용언을 이용하여 차원을 넘는다면 영혼이 소멸할 일은 없을 것이오. 그렇게 되면 마왕은 새로운 심장을 얻게 되고, 그녀는 아수스의 심장을 도려내던 카미엘의 심장을 도려내던 하나의 수를 내서 지하세계를 유지하려 할 것이오."

"그런 식으로 중간계를 유지하려는 계획이군요."

"아주 나쁜 계획은 아니지만 문제는 과연 저들이 새로운 기반을 얻어 천계를 가만히 놓아두겠냐는 것이오."

"아수스의 성향으로 볼 때, 절대 그렇지 않을 것 같군요."

클레이톤은 마리우스의 노력을 모두 허사로 만드는 계획을 세운다.

"우리는 지하 감옥에서 그녀를 빼내어 지상으로 다시 추방할 것이오. 그 과정에서 그녀는 드래곤 하트를 봉인 당하게 될 것이고 다시는 차원을 넘을 수 없을 것이오. 그리고 지상의 조율자라는 드래곤들을 모두 숙청하여 지하세계를 유지할 계획이오. 그들의 모든 심장을 도려낸다면 충분히 지하세계를 유지할 수 있소."

제사장들은 지금까지 그 난리를 친 자신들의 태도를 반성한다.

"역시 대제사장님이십니다."

앞뒤가 꽉 막힌 제사장들의 수장 클레이톤은 언제나 그들보다 한 수를 뛰어넘어 앞을 보는 사람이었다.

"주신께서 내려주신 균형이란 애초에 조율자로 만들어두었던 드래곤들을 이용하라는 계시였소. 그들의 조율자로 균형을 이루는 것이 그 어떤 방법보다 확실하지 않겠소?"

"과연……! 명안입니다."

"루야나드를 유지하기 위해서라면 더한 것도 희생할 수 있는 있소. 하지만 그것이 지상과는 상관이 없는 천계의 일원이 되어서는 안 되겠지."

제사장들은 그의 의견에 전적으로 동의한다.

"지당하신 말씀이십니다."

"그럼 이 안건은 이렇게 통과된 것으로 하고 지금부터 드래곤들을 척살할 군단을 소집하겠소. 지상으로 내려가 전투를 벌이는 만큼 최상급 병사들로 군대를 구성하시오."

"뜻대로 하시지요."

대제사장의 권한으로 안건은 정식으로 통과되었고 잠시후면 계엄령이 내려질 예정이었다.

*   *   *

클레이톤이 직접 미로에 갇혀 있던 에리시아를 꺼내준다는 말에 마리우스는 기쁨을 감추지 못하고 있었다.

"결국 일이 잘 풀리는군. 잘 되었어, 잘 되었어!"

이제 그녀는 차디찬 감옥 바닥에서 벗어나 천계의 아름다운 구름정원에서 살 수 있게 될 것이다.

하루 종일 그녀의 거취를 살피던 마리우스의 눈에 제사장들과 함께 날아든 클레이톤이 보인다.

"회의를 통해 그녀를 감옥에서 꺼내기로 했다네."

"정말이십니까?! 감사합니다!"

"하하, 나에게 그렇게 감사할 것 없네. 중앙회의에서 그녀가 필요하다고 판단되어 그렇게 한 것뿐이니."

"그래도 균형을 중요하게 생각해 주신다는 것이 감사가 저절로 나오는군요."

"모든 것이 신의 뜻인데 무엇이 문제겠는가?"

"지당하신 말씀이십니다."

부복을 한 마리우스의 어깨를 가볍게 두드린 클레이톤이 뒤를 따르던 제사장들에게 말했다.

"나는 에리시아를 꺼내어 심장을 도려낼 테니, 제사장들은 드래곤들을 사냥할 군단을 준비시키시오."

"알겠습니다."

순간, 마리우스의 얼굴이 와락 일그러진다.

"그, 그게 무슨 말씀이십니까? 그녀의 심장을 도려낸다니요? 게다가 사냥이라니……."

"지하세계를 유지하기 위해선 이 방법뿐이네. 자네 역시 균형을 중요시 여긴다고 하지 않았나?"

클레이톤의 계획을 전해들은 마리우스가 깊게 고개를 숙인다.

"대제사장님! 그것은 중간계의 균형을 유지하는 것이 아닙니다! 한 종족을 말살하면서 중간계의 균형을 유지하는 것이 어떻게 올바른 방법이란 말입니까?!"

클레이톤은 무릎을 꿇은 마리우스를 바라보며 측은한 표

정을 지었다.

"안타깝지만 자네의 이상은 절대로 이뤄질 수 없는 것일세. 지하의 영원한 유지를 이루기 위해선 이 방법밖에 없어. 자네 역시 마왕이 이곳으로 돌아올 수 없다는 것을 잘 알지 않는가?"

"그, 그렇지만……!"

멀리서 날개를 펼친 천계의 전사들이 날아오고 있다.

그 모습을 바라보며 마리우스는 더욱 깊게 고개를 숙였다.

"대제사장님! 부디 그녀를 죽이지는 말아주십시오! 그녀가 없으면 중간계는……."

"드래곤 로드의 심장이 없이는 우리의 계획도 이룰 수 없다네. 가장 강력한 힘을 가진 그녀의 심장이 없는데 어떻게 지하세계를 유지할 수 있겠는가?"

"하지만……!"

클레이톤은 에리시아를 꺼내기 위해 자신의 지팡이에 달린 보석에 신성력을 불어넣는다.

우우웅!

"어쩔 수 없는 선택이라고 해두지."

"대제사장님!"

이미 천상의 전사들이 순백의 검을 빼어든 채 그녀의 심장을 도려내기 위해 대기하고 있다.

이대로라면 분명 그녀는 죽음을 면치 못할 것이다.

"…제발!"

"신의 뜻이네."

대제사장의 권능으로 에리시아의 육신이 점점 떠오르더니 감옥의 결계를 지나 천상의 구름정원으로 올라왔다.

공포로 물든 에리시아의 얼굴에서 눈물이 흘러내린다.

"살려주세요……!"

"에리시아!"

천군들의 검이 그녀의 심장을 향하자, 마리우스가 날개를 펼쳐 그들의 검을 쳐 낸다.

팅팅팅!

"장군!"

그녀의 손이 마리우스의 옷깃을 붙잡자, 그는 자신의 등에서 육중한 대검을 뽑아낸다.

챙!

천계에서 가장 큰 검으로 알려진 심판의 대검은 그 크기가 마리우스의 세 배에 달할 정도고 거대했다.

하지만 마리우스는 심판의 대검을 그 누구보다 빠르고 정교하게 다룰 수 있는 완력과 검술을 가지고 있었다.

한마디로 천계에서 무력으로 그를 제압할 수 있는 사람은 아무도 없었다.

"누구든 이 여자를 건드리는 자는 무사하지 못할 것이다…!"

"마리우스……."

불안에 떠는 그녀의 손을 잡은 마리우스가 슬쩍 미소를 지어 보인다.

"걱정하지 마. 무슨 일이 있어도 너는 내가 지킨다."

그런 그를 바라보는 클레이톤은 격노하여 소리쳤다.

"천상의 장군이라는 자가 더러운 드래곤과 정을 통했단 말인가?!"

"당신들의 이기심 때문에 한 핏줄이었던 마족이 그 혈통을 잃을 수도 있는 지경에 이르렀습니다. 이 여자 또한 그런 이유로 목숨을 잃을 수도 있게 되었지요."

마리우스는 자신의 가슴에 달려 있던 장군의 상징인 번개 인장을 떼어내 집어던졌다.

쨍그랑!

이로서 그는 장군의 지휘를 버렸고, 전사로서의 명예를 저버리게 되었다.

"나 마리우스는 더 이상 천계 군단의 장군이 아니다. 그러니 나를 제압하려거든 피를 보아야 할 것이다."

"마리우스!"

"장군!"

마리우스는 언제라도 검을 쓸 수 있도록 자세를 낮추고 주위를 경계한다.

척!

"덤벼라! 그 누구라도 나를 제압하려는 자는 그 날개를 잃게 될 것이다!"

클레이톤은 이곳에 모인 병사 100인에게 그를 제압하라는 명령을 내린다.

"저놈은 종족을 배반한 배신자다! 어서 잡아 그 죗값을 치르게 하라!"

"그렇지만……."

하지만 좀처럼 병사들은 움직일 생각을 하지 않는다.

그들은 모두 제3군단의 병사들로, 마리우스와 생사고락을 함께한 자들이기 때문이었다.

그런 그들에게 클레이톤이 격분하며 외친다.

"그대들 또한 종족을 배신할 생각인가?!"

전사의 명예를 버릴 수는 없다는 듯, 군사들이 검을 들었다.

철컹!

"장군, 용서하십시오!"

"와라! 나는 더 이상 너희의 전우가 아니다!"

날개를 펄럭이며 검을 밀어 넣는 병사들의 볼을 타고 눈물이 흘러내린다.

"포위진을 펼쳐라!"

촤라락!

원형으로 포위진을 형성한 천군들이 서서히 그를 압박하자, 마리우스는 심판의 대검에 신성력을 불어넣었다.

우우웅!

그리고는 몸을 한 바퀴 회전시켜 신성력의 검기를 날린다.

"허업!"

콰앙!

원형의 검기에서 날카로운 바람이 몰아쳐 병사들의 갑주를 강타한다.

"커헉!"

은빛 혈액을 한 움큼 토해낸 병사들이 줄줄이 나가 떨어졌고, 마리우스는 심판의 대검을 제사장들에게 겨누었다.

척!

"마리우스! 이게 뭐하는 짓인가?!"

"그깟 계시를 받는다는 명목으로 죽어나간 목숨들에게 속죄하는 마음으로 죽어라."

경악으로 물든 제사장들에게 마리우스의 검이 휘둘려져 나간다.

부웅!

"이런……!"

하지만 그의 검은 제사장들을 베어내기 전, 제이나의 검에 의해 저지되고 만다.

콰앙!

"쿨럭!"

한차례 은혈을 토해낸 제이나가 제사장들을 막아섰다.

"제이나?!"

"…이러지 마십시오. 이런다고 중간계가 살아날 수 있다고 생각하십니까?"

그는 고개를 가로저었다.

"최소한 내 여자는 지킬 수 있겠지."

"마리우스……."

그녀는 지금 과거로부터 자신의 기억을 서서히 회복하는 중이었다.

드래곤이라는 자각을 제외하고 그를 처음 만났던 그날부터 서서히 기억해냈던 것이다.

고로, 지금 그녀의 머릿속에는 사랑이라는 감정이 남아 있었다.

마리우스는 그것이 비록 허상이라고는 해도 자신을 향한 사랑이 그녀의 가슴에 남아 있다면 그것으로 만족한다.

그런 그에게 제이나는 눈물로 호소한다.

"제발 그러지 마십시오. 당신의 목숨을 버릴 만큼 그녀가 소중하단 말입니까?"

마리우스는 에리시아의 손을 좀 더 세게 잡았다.

"내 목숨이 다하는 날까지 그녀를 지키며 살 것이다. 그러니 나를 막을 테면 막아라. 나는 절대로 다시 군단으로 돌아가지 않는다."

"장군……."

이윽고 검을 갈무리 한 마리우스가 에리시아를 안아들었다.

"나는 지상으로 내려갈 것이다. 이제부터는 네가 군단장이다."

그의 검에 상처를 입었던 병사들이 가까스로 정신을 차려 몸을 일으킨다.

"장군! 이러실 수는 없습니다! 당신이 없는 3군단은 있을 수 없습니다!"

"아니, 그대들은 뛰어난 전사들이다. 언제까지나 최고가 될 수 있도록 정진하라."

그리고는 날개를 펼쳐 날아가려던 그에게 10개의 검강이 날아온다.

피융!

콰앙!

가까스로 날개로 충격을 받아낸 마리우스가 미간을 좁힌다.

"군단장연합?!"

모두 열 명의 군단장이 마리우스를 저지하기 위해 검을 잡았다.

"마리우스, 자타공인 최고의 전사인 자네가 없이 군단이 존재할 수 있다 생각하는가?"

"이런 편협적인 군에 남아 있을 정도로 나의 신념은 얄팍하지 않다."

"고로 말로는 너를 막을 수 없다는 뜻인가?"

"잘 아는군. 아쉽지만 오랜 친구들인 자네들과도 이별을 고할 때가 온 것 같아."

신마대전을 겪은 군단장들은 상당히 끈끈한 정으로 맺어져 있었다.

하지만 배신자가 생긴다면 끈끈한 정만큼이나 가차없이 검을 겨눌 것이다.

"죽음으로 명예를 대신하게. 그것이 군단장으로서의 최후가 아니겠는가?"

마리우스는 전우들의 제안에 고개를 젓는다.

"나는 이 여자를 지킬 것이다."

"결국……. 피를 보겠다는 건가?"

"전사끼리 무슨 말이 더 필요하겠는가? 어서 합을 겨루기로 하지."

제아무리 뛰어난 전사인 마리우스라고는 하지만 10명의 군단장을 모두 상대할 수는 없을 것이다.

그는 죽을지도 모르는 싸움으로 그녀를 지키려는 것이었다.

"자네의 뜻이 그러하다면……!"

동시에 협공을 펼치려는 그들에게 3군단의 백인대장들이 하늘에서부터 떨어져 내려 검막을 친다.

챙!

"자네들……!"

백인대장들은 하나같이 그의 앞을 방어하며 외쳤다.

"장군을 보호한다!"

촤락!

일당백의 전사들인 백인대장들의 방어진은 쉽사리 뚫어낼 수 없을 만큼 견고하다.

거기에 부군단장 제이나가 합세한다.

"어차피 당신이 없는 천계라면 내가 남을 필요가 없겠지요."

"제이나! 자네 지금 무슨 짓을 하고 있는 것인지 알고 있나?!"

"우리는 당신을 따를 겁니다."

제이나는 처음부터 그를 따를 생각이었고, 군단이 집결할 때까지 시간을 벌고 있었던 것이다.

잠시 후, 20만 병력의 3군단이 모두 집결하여 도열한다.

척!

"장군! 명을 기다리고 있습니다!"

"자네들……."

군단장연합은 군단이 통째로 배반했음에 경악을 금치 못하고 있었다.

"이런 말도 안 되는……!"

"결국 일이 이렇게 되고 마는가?!"

마족을 밀어내는 과정에서 그들을 학살하는 만행을 지시한 것은 제사장들이었고, 한 핏줄인 그들을 학살한 것은 다름 아닌 3군단이었다.

애초에 그들은 자신들의 죄를 뉘우치며 괴로워하고 있던 것이다.

그런 사실을 너무나도 잘 알고 있던 군단장들은 마리우스의 변절이 도화선이 되었음이 어쩌면 당연하다 느끼고 있었다.

열 명으로는 막을 수조차 없는 엄청난 저력의 군단이기에 그들로서도 어쩔 도리가 없었다.

마리우스는 자신을 위해, 그리고 양심을 위해 변절자가 된 군단에게 명령을 내린다.

"중간계로 간다."

"충! 명을 받듭니다!"

군단장의 명령으로 군대가 일제히 날아오른다.

뿌우!

진군의 나팔이 울렸고, 제3군단은 영원히 천계를 등지게 되었다.

*　　　*　　　*

대한민국 유흥의 메카라 불리는 강남 유흥가 한복판, 검은색 정장을 입은 사내들이 모두 50개의 조로 나누어져 유흥가를 급습한다.

"싹 쓸어버려!"

"예, 형님!"

기업형 폭력조직 와신건설의 휘하에 있는 유흥가는 총 100여 개로, 대한민국의 가장 큰 규모들이었다.

하지만 제아무리 전국구 조직 5개가 합쳐졌다고는 하지만 흑사회 총본부의 저력에 미치지는 못할 것이다.

무려 1만 명이 넘는 조직원들이 개입되어 동시다발적으로 와신건설 휘하의 유흥주점을 싹쓸이하기 시작한다.

유흥가를 지키고 있던 와신건설 조직원들은 때아닌 급습으로 정신을 차리지 못하고 있었다.

"뭐하는 새끼들이야?!"

"밟아버려!"

퍼억!

"크헉!"

"싸그리 밀어 버려!"

"예, 형님!"

퍽퍽퍽퍽!

쨍그랑!

"제, 젠장!"

유리란 유리는 모조리 깨지고, 와신건설 조직원들은 무참히 쓰러져만 간다.

외마디 비명만이 가득한 유흥주점 룸에서 하룻밤 여흥을 즐기고 있던 손님들과 아가씨들이 혼비백산하여 도망친다.

"꺄아악!"

"어, 엄마야!"

흑사회 중간보스들은 일반인들은 전혀 건드리지 못하도록 지시했다.

"민간인은 절대로 해치지 않는다. 하지만 와신건설 새끼들처럼 생긴 놈들은 모조리 족쳐!"

"예, 형님!"

술병은 물론이고 테이블, 유리창까지 부술 수 있는 것이면 뭐든 남아나지 않는다.

흑사회사 들이닥친 지 10여 분, 유흥주점은 초토화되어 버린다.

여기저기서 신음 소리만 들려오자, 중간보스들은 부하들에게 미리 알아둔 뒷문을 통해 피신할 것을 명령했다.

"정리할 필요 없다! 작업 끝났으니 돌아간다!"

"예, 형님!"

순식간에 정리하고 순식간에 빠지는 속전속결의 전략에 와신건설은 앉은 자리에서 모든 사업장이 털리는 어처구니없는 일을 겪고 만 것이다.

경찰이 주민들의 신고를 받고 도착한 경찰들이 현장을 찾았을 때는 이미 흑사회 조직원들이 대피하고 난 이후였다.

범인이 누구인지, 무슨 목적인지 알 수도 없는 가운데 경찰 수사가 시작되었다.

CHAPTER **09**
목적을 잃어버린 사투

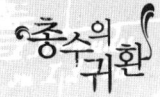

　중간계로 몸을 의탁하게 된 천계 제3군단은 에리시아의 기억을 되돌리기 위해 드래곤 로드 회의를 찾았다.

　아주 오래된 일이지만 에리시아의 연인이었던 마리우스의 기억을 따라 움직였다.

　무려 15만에 달하는 병력이 모두 드래곤 로드 회의를 포위하자, 드래곤들은 천족이 자신들을 사냥하기 위해 병력을 보냈다고 생각했다.

　그런 드래곤들을 위해 마리우스와 백부장들은 에리시아를 데리고 직접 로드회의 중앙홀로 들어섰다.

이미 가디언들이 무용지물이라는 것을 잘 알고 있던 드래곤들은 마지막 협상의 끈이라도 잡아보기 위해 그들을 마주하기로 했다.

—로드를 잡아간 이유는 알 수 없으나, 그녀는 우리의 희망이오. 부디 그녀를 놓아주고 원하는 것을 말하시오.

"우리는 이 여인의 기억을 되찾아주기 위해 이곳까지 내려온 것이외다. 다른 뜻은 없소."

—로드가 기억을 잃었다니, 그건 또 무슨 소리요?

순간, 에리시아가 마리우스의 옷깃을 잡아당긴다.

"…마리우스, 무서워요……."

마치 여리고 약한 인간 여성처럼 행동하는 그녀를 바라보며 드래곤들이 고개를 갸웃거린다.

—로드, 왜 그러시는 겁니까? 저희를 못 알아보시는 겁니까?

본체로 돌아온 드래곤들의 육중한 덩치들을 바라보는 그녀의 동공이 사정없이 흔들린다.

"저것들은 사람이 아닌가요?"

마리우스가 씁쓸한 웃음을 짓자, 드래곤들은 당혹스러움을 감추지 못한다.

—로드! 어째서 기억을 잃으신 겁니까? 정녕 우리를 기억하지 못하신단 말입니까?!

"마리우스, 언제까지 이곳에 있을 거예요? 어서 돌아가요. 이곳은 너무 위험해 보여요."

—허어! 로드!

망각이라는 것은 있을 수 없다 여기던 드래곤들이 느끼고 있을 충격은 이만저만이 아니었다.

그것도 자신들의 수장이라는 에리시아 이렇게 되다니, 그야말로 절망이 아닐 수 없었다.

"당신들의 수장이 이렇게 된 것은 모두 중간계를 되살리기 위함이었소. 하지만 지금 그것은 불가능하게 되어버렸지."

—불가능하다? 결국 마왕의 심장을 가지고 오지 못하게 된 것이오?

"그렇소. 아무래도 이계에서의 계획은 수포로 돌아간 것 같소. 앞으론 중간계 스스로 일어나 사태를 수습하는 방법밖에는 답이 없소."

—이런……!

모든 일을 진두지휘하던 드래곤 로드가 기억을 잃은 것으로 모자라 계획이 모두 수포로 돌아갔다는 것은 더 이상 미래가 없다는 소리로 들린다.

하지만 마리우스는 희망의 끈을 놓지 않는다.

"중간계를 수호할 방법이 아주 없는 것은 아니요."

—그대에게 마지막 계책이 남아 있다는 소리요?

"그렇소이다. 하지만 에리시아의 기억이 돌아오지 않는다면 그 또한 불가능하게 되겠지."

—흐음……. 그렇다면…….

"당신들의 용언으로 그녀의 봉인된 기억을 풀어낼 수만 있다면 방법이 있소. 카미엘을 직접 설득해서 마왕의 심장을 얻어내는 것이오. 그리고 우리가 마족과 협상하여 마왕의 심장을 지하세계에 봉인하고 마족과 우리, 그리고 중간계 구성원들이 조화롭게 사는 것이오."

마치 꿈과 같은 이상을 늘어놓고 있지만 아주 불가능한 소리는 아니었다.

드래곤들은 자신들의 심장에 깃들어 있는 용언을 모두 소모해서라도 그녀의 기억을 살리기로 마음을 먹는다.

—좋소. 우리의 용언을 이용해 로드의 기억을 깨워내겠소. 하지만 그 이후의 일에 대해서는 전적으로 당신들이 책임지고 카미엘을 설득해주시오.

"걱정하지 마시오. 그의 곁엔 엘레니아가 있으니 당신들의 도움만 있다면 충분히 그를 설득할 수 있소."

5천 여 명의 드래곤들을 대표하는 각 종족의 수장들이 자신들의 용언을 에리시아에게 집중시킨다.

우우우우웅!

겁에 질린 에리시아가 마리우스의 손을 잡자, 그는 그녀를 안심시키기 위해 이마에 입을 맞춘다.

"괜찮아. 모든 것이 다 잘 될 거야."

"마리우스……."

"우리는 모두 행복해 질 수 있어."

잠시 후, 용언이 그녀의 드래곤 하트에 모여든다.

"까아악!"

형용할 수 없는 고통이 그녀의 심장을 사정없이 두드리며 차원의 틈이 만들어낸 기억의 봉인을 조금씩 갉아먹는다.

하지만 워낙에 두터운 봉인의 두께는 쉽사리 균열을 일으키지 않는다.

고통으로 일그러진 그녀를 도와줄 수 있는 방법은 그저 간절한 마음으로 곁을 지키는 것뿐이었다.

그녀의 눈에서 고통에 찬 눈물이 흘러내리고, 마리우스는 그저 조바심 가득한 눈으로 그녀를 지켜볼 뿐이었다.

─크윽!

이제 슬슬 한계에 달하는 드래곤 부족장들의 용언이 그 바닥을 드러낼 즈음이었다.

에리시아의 머리를 감싸고 있던 기억의 봉인이 부서져 내린다.

쨍그랑!

"쿨럭!"

한 움큼 피를 게워낸 에리시아가 본래의 차가운 눈으로 돌아왔다.

—로드! 정신이 좀 드십니까?!

이제까지 그녀의 머리를 옭죄고 있던 속박이 풀리자, 모든 기억이 정상적으로 돌아왔다.

그리고 자신의 곁을 목숨 걸고 지킨 그에게로 고개를 돌린다.

"…나를 위해 모든 것을 버리다니, 이 얼마나 어리석은 짓인가?"

"약속하지 않았나? 너를 영원히 지켜주겠다고."

결코 이뤄질 수 없는 금단의 사랑이란 독약을 마신 두 사람은 살며시 손을 맞잡는다.

"고맙다……. 이런 나를 기억해줘서."

"후후, 내 평생 연인은 너 하나뿐이야. 잊을 수 있을 리가 없지."

드래곤들은 이종족간의 사랑이 얼마나 어리석은 짓인지 너무나도 잘 알고 있었다.

하지만 이번만큼은 이성과 지성보다는 감성을 좀 더 중요시하기로 한다.

—만약 기회가 된다면 둘을 맺어주고 싶습니다. 하지만 지금은 시기가 별로 좋지 않군요.

"후후, 쓸데없는 소리를 하는군."

멋쩍게 웃는 그녀의 얼굴이 살짝 붉어진 것 같다.

이제 하나의 실마리가 풀린 순간, 위기가 도래한다.

"장군! 큰일 났습니다!"

제이나와 마리우스는 이미 예상하고 있었다는 듯 덤덤하게 상황을 받아들인다.

"드디어 올 것이 온 모양이군."

모든 것이 수포로 돌아갔다는 것을 너무나도 잘 알고 있는 드래곤 로드 에리시아는 어쩔 수 없는 결단을 내린다.

"나와 함께하겠어?"

"물론이지."

마리우스와 에리시아가 없다면 이 전쟁은 절대로 승리할 수 없을 것이다.

하지만 그들이 돌아올 때까지 버틸 수만 있다면 승산은 있다.

—다녀오시지요. 이곳은 우리가 지키고 있겠습니다.

"장군을 기다리는 병사들이 헛되이 희생되지 않게 최선을 다해주십시오."

두 사람은 고개를 끄덕인다.

"알겠네. 최선을 다 하도록 하지."

사상최초로 드래곤과 천족군단이 연합한 전투가 곧 개전

을 앞두고 있었다.

*　　　*　　　*

약속했던 기일이 지났건만, 아무런 소식이 없는 에리시아
로 인하여 아수스와 마족들은 목적을 잃어버리게 되었다.

모든 일이 최선의 방향으로 흘러가야만 살아남을 수 있다
는 전제조건은 조금의 실수도 용납할 수 없었던 것이다.

"…참으로 난감하게 되었군. 시일이 한참이 지났는데 말이
야."

"조금 더 기다려보는 수밖에 없습니다. 설마하니 에리시아
가 우리를 배반했을 리는 없지 않습니까? 그녀 역시 마왕의
심장이 필요한데 말입니다."

다른 차원에 왕국을 건설한다는 계획이 수포로 돌아간다
면 마족은 다시 한 번 가시밭길을 걸을 수밖에 없다.

지금까지 이 땅에서 카미엘과 사투를 벌여온 것은 모두 허
사가 되는 것이다.

더 이상 물러설 곳은 없다.

아수스는 급기야 자신이 다시 한 번 차원을 넘나들기로 한
다.

"어쩔 수 없군. 내가 다시 한 번 목숨을 거는 수밖에."

"아, 아수스님!"

"에리시아를 기다리다간 베리엘라마저 목숨을 잃고 말 걸세. 그렇게 된다면 우리 종족의 미래는 더 이상 없어."

오리엔은 그런 그의 앞에 무릎을 꿇는다.

"조금만 더, 조금만 더 시간을 가지십시오! 이대로 모든 것을 포기한다면 공주님의 노력 또한 수포로 돌아가는 것입니다!"

"후우……!"

절망적인 순간, 오리엔은 오히려 그에게 아주 잠깐의 여유를 권한다.

이러지도 저러지도 못하는 절체정명의 순간, 아수스는 차원의 틈이 일렁거린다는 느낌을 받는다.

그것은 오리엔도 마찬가지, 두 사람은 동시에 서로를 바라본다.

"에리시아?!"

잠시 후, 그들의 곁으로 에리시아가 밝은 빛과 함께 모습을 드러냈다.

하지만 그녀의 곁에는 전혀 예상치 못했던 존재가 함께하고 있었다.

"아수스, 오리엔. 오랜만이군."

"마, 마리우스?!"

집행자 마리우스라 불리는 그는 마족에게 있어서는 철전지 원수와도 같은 사람이다.

그런 그가 함께 이곳으로 왔다는 것이 과연 무엇을 뜻하는 것인지 상상조차 하기 싫은 아수스다.

그러나 에리시아는 더욱더 놀라운 사실을 말한다.

"마리우스는 제3군단을 이끌로 중간계로 내려왔다. 그것은 지하세계를 유지하기 위해 우리 드래곤들을 학살하려는 천족의 만행을 저지하기 위함이었지."

"드래곤들을 학살한다? 클레이톤이 말인가?"

"그렇다. 그는 드래곤 하트로 일시적인 지하세계의 유지를 꽤하고 있지. 하지만 그것은 얼마 지나지 않아 더 큰 붕괴로 이어질 것이 뻔하다."

"그런 말도 안 되는 계획을 진정 실행으로 옮긴다던가?"

"그래서 내가 이곳으로 직접 온 것이 아닌가?"

예상치도 못했던 사실, 아수스와 오리엔은 믿을 수 없다는 표정이다.

그런 그들에게 마리우스는 도무지 가능하지 않을 것 같은 가설을 제시한다.

"나는 카미엘을 설득하여 중간계를 구하고자 한다. 그가 있는 군단이라면 천족을 막아내는 것도 불가능하지는 않을 테니까."

"카미엘을 설득한다? 그것이 가능하다고 보는가?"

"그 역시 한때는 중간계를 진두지휘하던 수호자가 아닌가? 끈질기게 설득하면 우리의 말을 들어줄지도 모르지."

"만약 실패한다면?"

"후후, 그대들과 나는 중간계에서 뼈를 묻게 되겠지. 바로 치열한 전투 속에서 말이지."

가능성이 희박한 소리지만, 명운을 걸어볼 만한 일이다.

아수스는 고개를 끄덕인다.

"좋다. 나 역시 그대들을 돕도록 하지."

"대신 실패한다면 함께 중간계로 돌아가 결사항전을 펼친다고 약속해라."

"후후, 나 역시 마족의 전사다. 전장은 나의 고향이나 마찬가지다."

계획이 실패한다면, 둘은 전장에서 전우로 다시 만나게 될 것이다.

*　　　*　　　*

강주원이 비행기 폭파를 교사했다는 증거들이 모두 모였고, 은우는 본격적으로 소송을 준비했다.

국제재판에서 가장 승률이 높은 변호사와 각종 법률전문

가들을 구성했다.

증거들을 정리한 김찬희 국제변호사는 자신의 승률에 대해 자신감을 나타냈다.

"이대로라면 소송에서 절대 패할 수 없을 겁니다. 증거가 이렇게 명확한데다 증인까지 있는 마당에 패배는 있을 수 없습니다. 회장님의 정보력은 정말 대단하다고 밖에 할 수 없군요."

"후후, 설마하니 이정도 준비도 없이 소송을 준비했을까봐 그러십니까?"

"회장님이 새삼 존경스러워지는군요."

"별말씀을요."

만약 이대로 강주원이 소송에서 패한다면 그는 감옥에서 평생 나오지 못할 수도 있다.

그것은 폭파의 모든 것을 준비한 고창석 역시 마찬가지다.

살인도 아닌 폭탄테러를 교사했다는 것은 한국뿐만 아니라 미국과 영국, 러시아까지 모든 국가의 격분을 살 것이기 때문이다.

만약 그들이 사살당한다고 해도 각국의 국민은 잘했다고 환호성을 지를지도 모른다.

당시 비행기 사고로 가족을 잃은 슬픔은 온 국민이 함께 절감했던 대 재앙이었기 때문이다.

국제형법이 강제성을 갖고 있지 않다는 점과 집행기관이 없다는 점에서 실효성이 다소 떨어진다는 감은 있지만, 각국의 법을 적용하여 추가적인 재판 가질 수 있다는 점에서 강주원은 상당히 무거운 판결을 받을 것이다.

물론 고창석도 강주원과 받거나 비슷한 형량을 맞을 테니 그는 죽을 때까지 빛을 보지 못할 수도 있다.

변호사와의 미팅을 끝낸 은우는 국제적 이슈를 만들기 전에 그의 의사를 다시 한 번 되물었다.

"정말로 다시는 빛을 볼 수 없다고 해도 괜찮겠습니까? 이대로 국제형사재판에 오르면 사형을 권고 받을 수도 있습니다."

국가 교유의 법을 적용시킬 권리는 있지만, 재판의 판결은 생각보다 더 큰 영향력을 끼친다.

고로, 국제사범이 되어버리면 다시는 사람처럼 살 수 없을지도 모른다는 소리다.

사형제도가 존폐 논란 속에 있는 한국이라고는 하지만 폐지가 된 것은 아니기 때문에 비행기 폭파범이라면 충분히 사형을 선고받을 수도 있다.

또한 비행기에 탔던 사람들의 국적이 너무나도 다양하기 때문에 이것은 외교문제로 번질 가능성도 없지는 않다.

그러나 고창석은 고개를 가로젓는다.

"괜찮습니다. 그 정도 각오하지 않고 이 판을 짠 것이 아닙니다. 제가 할 수 있는 속죄라면, 무릇 치러야 할 대가라면 흔쾌히 받아들일 자신이 있습니다."

"그렇군요. 당신의 의지, 잘 알겠습니다."

조금은 씁쓸한 표정의 은우에게 젝슨이 다가와 고개를 숙인다.

"회장님, 잠깐 시간 괜찮으십니까?"

"무슨 일입니까?"

"아무래도 강주원이 냄새를 맡은 것 같습니다."

"제가 폭파사건을 터뜨리려 한다는 것 말입니까?"

"거기까진 아직 알아내지 못한 것 같습니다만, 고창석 씨가 그를 배신했다는 것은 어느 정도 감을 잡은 것 같습니다. 회장님과 고창석 씨의 방에 CCTV를 설치하다 우리 정보꾼들에게 들통 났다고 하더군요."

정보를 사고파는 그들의 수장인 은우를 감시한다는 것은 불가능하다.

차라리 다른 대기업 총수를 감시한다면 모를까, 그의 뒤를 캐는 것은 자살행위나 다름없는 것이다.

"흐음…… 그에겐 참으로 안 된 일이지만 한발 늦었군요."

"그러게 말입니다. 어떻게 처리할까요?"

고창석은 마지막으로 은우에게 한 가지 부탁을 더 한다.

"법의 심판을 받는 것으로 그를 옭아매 주십시오. 더 이상 폭력과 같은 방법으로 그를 해치지는 말아주셨으면 합니다."

"알겠습니다. 그것이 당신의 뜻이라면 그렇게 해드리지요."

"감사합니다."

꾸벅 고개를 숙이는 그의 모습은 마치 아이를 위하는 아버지의 모습과 같아 보인다.

그런 그를 바라보는 은우의 가슴이 아주 조금씩 아파온다.

하지만 수많은 사람을 죽여 댄 그의 죄는 분명히 밝혀져야 할 것이다.

"예정대로 공판을 진행하고 강주원은 잠시 그대로 놓아두십시오."

"알겠습니다. 그렇게 하겠습니다."

잭슨과 고창석이 밖으로 나서자, 때마침 그의 핸드폰이 울린다.

처음 보는 번호에 은우는 눈을 가늘게 떴다.

"누구십니까?"

―오랜만이군.

잊기 힘든 사람의 목소리다.

"요즘은 마왕이 직접 전화도 거는군."

—정확히 말하자면 전 마왕이지.

"후후, 어찌 되었던 말이야."

—목소리를 듣고 있자니 잘 지내는 모양이군.

"덕분에 아주 잘 지내고 있지."

은우는 더 이상 농담을 건네지 않는다.

"피차 바쁜 몸들이니 용건만 간단히 하지. 무슨 일인가? 설마하니 벌써 목을 쳐 달라고 애원하는 것은 아닐 테고 말이야."

—사업이나 경쟁에 대한 얘기가 아니다. 루야나드에 대한 얘기지.

"후후, 드디어 제 정신을 차리고 다시 고향으로 돌아겠다는 건가?"

—그러고 싶지만 상황이 여의치 않다고 하더군. 천족이 드래곤을 사냥하기 위해 군대를 조직했다고 한다.

순간, 은우의 표정이 미묘하게 일그러진다.

"그건 또 무슨 개소리인가? 천족이 중간계로 군대를 파병한다니?"

—나 또한 그것을 확인할 수 있는 길은 없다. 하지만 3군단장이 이곳으로 직접 왔다.

은우 또한 차원의 틈이 일렁거리던 순간, 누군가 차원이동을 했다는 것을 어렴풋이 느끼고 있었다.

그 정도의 일렁임이라면 최소한 드래곤 이상의 존재라는 것은 예상하고 있었다.

"흐음……. 마리우스의 강림이라니, 믿을 수가 없군."

―어쩔 텐가? 나는 그의 제안대로 너에게 다리를 놓아주려는 것뿐이다. 다른 의도는 없다.

은우는 분명 이곳에 왕국을 건설하려는 그의 의지를 꺾어 버리기 위해 기반을 모두 부숴 버리려던 것은 맞지만 맹목적으로 그의 목숨을 빼앗으려던 것은 아니었다.

"좋다. 만나서 손해 볼 것은 없지."

제아무리 강력한 마리우스라고는 하지만 지금의 은우를 이길 수는 없을 것이다.

그는 마리우스와 에리시아가 머물고 있다는 산장으로 향한다.

＊　　＊　　＊

천계를 떠나온 엘레니아는 동족인 마리우스와의 만남에 대해 감격에 겨운 표정을 짓는다.

"군단장님께서 동족을 떠나오시다니, 대천사장님께서 가만히 계시지 않았을 것 같은데요?"

하지만 그런 감격보다는 걱정이 앞서는 듯하다.

천계의 군단을 아우르는 군부의 수장 대천사장 미카엘라
는 대제사장에 버금가는 영향력을 행사한다.

하지만 군부가 중앙회의에 관여하지 않는다는 규율을 어
기지 않기 위해 지금까지 한 번도 제사장들과 대립한 적이 없
었다.

천계와 중간계를 위해 엘레니아가 은우를 데리고 왔을 때
에도 그는 명령을 내릴 뿐이었다.

그 이후, 엘레니아가 자신의 거취를 정했을 때에도 그는 묵
묵히 자신의 자리를 지키고 있었다.

엘레니아는 만약 가장 뛰어난 부하인 마리우스가 미카엘
라를 떠난다면 아마 그의 생각이 바뀔 것이라 생각했던 것이
다.

그러나 여전히 미카엘라는 군부의 수장으로서 묵묵히 자
리를 지키고 있을 뿐이었다.

"내가 차원이동을 하기 전, 대천사장님께서는 지상으로 군
대를 파견하셨네. 모두 중앙회의의 요청 때문이었겠지."

"그럼 지금 중간계는……."

"치열한 전투가 벌어지고 있겠지. 아마 제이나는 인간들을
규합하기 위해 드래곤들을 보냈을 것이고, 그들 또한 중간계
를 위해 전쟁에 뛰어들었을 거야. 아마 지금 중간계는 피로
물들어가고 있지 않을까?"

"어째서 그런 일이 일어날 수 있죠? 분명 대천사장님께서는 중간계의 조율을 위해 힘을 써 오셨는데요."

"그분의 의중을 그 누가 알겠는가? 다만 주신의 뜻을 받든다는 것은 변하지 않는 사실이 아니겠어?"

미카엘라가 이번 사건 또한 직접적으로 관여하지 않겠다는 뜻을 암묵적으로 밝혔다면 방법은 단 하나다.

"그래서 내가 온 것 아닌가? 우리에게 남은 희망은 바로 카미엘 당신뿐이오."

은우는 천족까지 얽혀 버린 이 사태에 대해 심각하게 고민하지 않을 수가 없었다.

"나는 내 고향에서 내 아버지의 유지를 받들기 위해 차원을 넘어왔습니다. 엄연히 말하면 나의 고향이 아닌 루야나드에서의 일을 지금 내가 관여한다는 것은 옳지 않을 수도 있습니다."

"그러나 당신이 없다면 루야나드가 붕괴한다는 것 또한 사실이오. 한때는 그대가 몸담아 힘껏 지켜냈던 루야나드를 이대로 붕괴되도록 내버려 둘 것이오?"

지금 그 어떤 결정도 쉽사리 내릴 수 없는 은우로서는 참으로 난감하기 이를 데 없는 상황이었다.

다시 루야나드로 돌아갔다 고향으로 돌아올 수 없게 될 경우를 생각하지 않을 수 없기 때문이다.

그런 걱정을 너무나도 잘 알고 있는 에리시아가 말했다.

"우리 드래곤들이 너의 생환을 기필코 지켜내겠다. 종족의 명예를 걸고 말이지."

드래곤 하트의 모든 마력을 소모해서라도 은우를 생환시키겠다는 굳은 의지는 절대로 거짓이 아니었다.

하지만 노력으로만 되지 않는 것들은 분명 존재하게 마련이다.

의무와 책임 사이에서 갈등하던 은우에게 엘레니아가 손을 잡았다.

"당신이 필요한 사람들이잖아요. 내가 함께 할게요."

이제는 그의 곁을 지키는 사람은 엘레니아다.

그녀의 부탁을 차마 거절할 수는 없는 노릇, 은우는 깊은 한숨을 내쉬었다.

"그래, 내가 차원을 넘어가서 천족과 전쟁을 치러 중간계를 지켜냈다고 칩시다. 그 이후, 지하세계는 어떻게 되는 겁니까? 이들만으로는 지하세계를 지켜낼 수 없습니다."

"그대에게 아수스의 심장이 있다고 들었소. 가능하다면 그 심장으로 지하세계를 되돌려 줄 수는 없겠소? 그렇게 된다면 이곳에 있는 마족들은 전부 루야나드의 중간계에 기틀을 잡고 평화롭게 균형을 이루며 살게 될 것이오."

얼마 전, 자신의 몸에서 떼어낸 심장의 유무를 마리우스가 알고 있다니, 은우는 고개를 갸웃거린다.

"내가 심장을 떼어냈다는 것은 어떻게 안 겁니까?"

"한 몸에 두 개의 심장이 있는 상태로 더 이상의 진전은 있을 수 없는 법, 나 역시 검을 다루는 자아 아니오? 그대의 무력이 상상을 초월할 정도로 강해졌다는 것은 느낌으로나마 알 수 있소. 그런 고로, 그대는 지금 한 개의 심장만을 몸에 지니고 있을 것이오. 아니오?"

차원의 틈을 틀어막는 용도로 사용하려던 마왕의 심장은 쉽사리 내어줄 수 있는 물건이 아니었다.

"만약 이대로 차원의 틈이 계속 벌어져 또 다른 사태가 벌어질 경우엔 어떻게 할 겁니까?"

이번에는 아수스가 은우를 설득한다.

"내 기필코 실수로 만들어 놓은 차원의 틈을 다시 복구하도록 하지. 이건 내 이름과 명예를 걸고 하는 약속이야."

이젠 은우 역시 더 이상 그들의 부탁을 외면할 수가 없어졌다.

"후우…! 좋습니다. 당신들의 말대로 하도록 하지요."

"저, 정말이오?"

"하지만 지금까지 당신들이 했던 약속은 제대로 지켜져야 할 겁니다."

"물론이오. 내 명예까지 걸지."

엘레니아는 그런 은우의 손을 꼭 잡아주었다.

*　　　*　　　*

국제형사재판을 앞둔 은우가 갑자기 자리를 비운다니, 잭
슨은 도무지 이해를 할 수 없다는 듯 묻는다.

"갑자기 왜 자리를 비우신다는 겁니까?"

"그럴 만한 사정이 좀 있습니다. 그리 오래 걸리지는 않을
것이니 제가 없이도 그룹을 잘 이끌어 주십시오."

"그건 그리 어려운 일이 아닙니다만……."

"잭슨만 믿겠습니다."

자꾸만 사라졌다 나타나는 은우가 불안할 만도 하지만 그
는 끝까지 은우를 믿는다.

"알겠습니다. 명령하신 대로 이행하겠습니다."

그런 그의 곁에 앉아 있던 쌍둥이들에게도 은우는 몇 가지
당부를 전한다.

"내가 없는 동안 회사를 잘 지켜줘. 워낙 정보전이 심한 곳
이잖아?"

"뭐, 그 정도야 어렵지 않지. 하지만 언제 돌아올 건데?"

"그리 오래 걸리지 않아. 보안에 대해서는 너희만 믿으면
되겠지?"

"당연하지. 우리가 누군데?"

"후후, 그래. 너희를 이길 수 있는 사람이 세상에 어디 있겠어?"

안팎으로 단단히 단속을 해놓은 은우는 자신이 없는 동안 또다시 불안에 떨 두 사람을 찾아간다.

*　　　*　　　*

화영과 화선은 돌아온 지 얼마 되지도 않아 또다시 자리를 비운다는 은우에게 불만 가득한 표정을 짓는다.

"무슨 해외출장을 그렇게나 오래 다녀온다는 거야?"

"금방 돌아올 거니까 걱정하지 않아도 괜찮아."

"하여간…… 비밀 참 많은 사람이라니까."

은우는 자신을 걱정하는 동생들의 어깨에 손을 올렸다.

"다녀오면 함께 여행이라도 가자."

"정말?"

"당연하지. 나도 사람인데 좀 쉬어야 할 것 아니야?"

"흐음……. 그럼 좀 생각해 볼까?"

자신을 기다려주는 사람들이 있다는 것은 참으로 행복한 일이 아닐 수 없다.

최소한 그가 없는 동안 빈자리를 남겨놓아 주는 사람이 있다는 소리기 때문이다.

　돌아올 자리가 있다는 것, 그것은 형용할 수 없는 든든함이다.

　이윽고 뒤늦게 은우의 집에 찾아온 그의 친구들 또한 섭섭함을 감추지 못한다.

　"죽다 살아난 사람이 또 어딜 간다는 거야?"

　"하하, 사업 때문에 그런 거니까 좀 이해해."

　"아주 너 때문에 내가 속이 바짝바짝 탄다, 야."

　"자꾸 그렇게 신경 쓰면 누나 얼굴 더 늙어 버려."

　"뭐야?!"

　"큭큭! 장난이야. 웃으라고 한 소리야."

　"홍! 언제나 이렇게 어물쩍 넘어가지."

　어려서 지금까지, 은우의 곁을 지킨 친구들은 앞으로도 그를 믿어줄 것이다.

　만약을 위한 대비는 이제 다 해놓은 듯하다.

＊　　　＊　　　＊

　루야나드로의 차원이동을 하루 앞둔 날, 은우의 자택으로 베리엘라가 찾아왔다.

　"무슨 일이지?"

"그냥… 대화를 좀 할 수 있을까 싶어서."

서로 불편한 사이이긴 하지만, 내일이면 또다시 같은 편이 되어야 할 그녀다.

은우는 어쩔 수 없이 문을 열어준다.

"그렇다면 잠시 들어와도 괜찮아."

"그럼……."

거실 소파에 앉은 그녀가 조금은 무거운 표정을 짓는다.

이제 자신의 모든 것을 버리고 마족을 위해 살아갈 그녀는 지구에서의 삶을 철저히 정리할 것이다.

고로, 다시는 이곳으로 돌아올 일이 없다는 소리와 같았다.

"앞으론 내가 보이지 않아 속 시원하겠군."

"그것도 모든 계획이 성공해야 가능한 얘기 아닌가?"

"뭐, 어찌 되었든 말이야."

딱딱하게 굳어 있는 은우의 표정, 베리엘라는 아련한 눈빛으로 그를 바라보았다.

"아직도 내가 미운가?"

"이제 와서 그게 다 무슨 소용이야? 돌이킬 수 없는 사이가 되어버렸는데."

"미워해도 괜찮다. 하지만… 나를 잊지는 말아주었으면 해."

그녀의 진심 어린 말투에 은우는 가슴이 울컥하는 것을 느낀다.

"이곳에서 있었던 일은 모두 하나의 추억이라 생각해줘. 이 말을 하고 싶어 이 새벽에 실례를 범했다. 만약 기분이 나빴다면……."

"잊을 수 없겠지. 분명 너와의 기억은 행복과 믿음이 있는 아주 좋은 추억으로 남을 거다. 그러니 마음 편이 떠나라."

은우 역시 그녀를 언제까지나 미워할 마음은 없다.

다만, 만약에 그녀를 추억하는 데 거리낌이 없도록 깔끔하게 정리하고 싶었을 뿐이다.

서로 아무런 말없이 앉아 있다 결국 해가 밝았다.

"그럼 가볼까?"

은우는 동료들이 기다리고 있는 계룡산으로 향한다.

* * *

약속대로 마법진이 그려진 곳으로 나온 은우에게 마리우스는 고개를 숙인다.

"나와 주어 정말 고맙게 생각하오."

"내가 그렇게까지 속이 좁은 이미지였나?"

"후후, 그렇게 생각해 주시니 뭐라 감사의 말을 해야 할지 모르겠군."

"다시 고향으로 돌아올 수 있도록 최선을 다해주시기나 하십시오."

"물론이오."

이윽고 에리시아가 마법진에 용언을 불어넣고, 마리우스와 엘레니아가 신성력의 결계로 차원이동이 주는 충격에 대비한다.

"준비 되었나?"

"물론."

마법진이 밝은 빛을 발하더니, 이내 하나의 점이 되어 사라져 버렸다.

CHAPTER **10**
검황의 귀환

천족 제1군단부터 11군단에 이르는 대군이 지상으로 내려오면서 중간계는 또다시 치열한 전장으로 변해 있었다.

동족을 배반하고 중간계로 내려온 제3군단과 드래곤들을 반군이라 칭한 천족은 인간들의 항복부터 권고해왔다.

하지만 인간들은 드래곤들과 3군단의 편에 섰고, 전쟁은 점점 본격화되어 가는 중이었다.

중간계 연합군은 200만에 달하는 천족 군단을 막아내기 위해 총력을 기울였다.

"노포를 장전하라!"

끼리리릭!

"궁수들은 지대공 전술에 적합한 활시위로 교체하라!"

인간 진영은 비행이 가능한 천족을 막아내기 위해 화살처럼 생긴 것은 모조리 동원했고, 중요 지점에 군사들을 모두 배치했다.

그 공백을 메우는 것은 제3군단의 병력과 드래곤들이었다.

마리우스를 대신하여 선봉에 선 제이나가 드래곤들과 백부장들에게 말했다.

"철저히 방어만 할 뿐, 절대로 선공을 해서는 안 된다."

─마리우스와 로드가 돌아올 때까지 버틸 수는 있겠는가?

거대한 드래곤들 역시 사상 초유의 전투에 걱정이 앞서는 모양이었다.

하지만 제이나는 결코 위로의 말은 하지 않는다.

"글쎄, 결과는 시간이 지나봐야 하는 것 아니겠는가?"

─후후, 하긴. 앞날을 예측할 수 있다면 길고 긴 생애가 얼마나 지루하겠는가?

유희의 끝으로도 생을 마감할 수 없던 드래곤들에게 죽음이란 또 다른 경험으로 다가올 뿐이다.

다만 걱정이 되는 것은 자신들이 죽어 중간계가 무너질까 하는 생각 때문이었다.

인간진영의 수장인 칼리어스의 국왕 칼번이 드래곤과 천족들에게 다가왔다.

"우리는 모든 준비를 끝냈소. 언제쯤 전투가 벌어질 것 같소?"

제이나와 블루드래곤 족장 사이키델리아는 동시에 같은 곳을 바라보았다.

"곧 적들이 몰려올 것이다. 전투를 준비하도록."

"후우……! 알겠소."

칼번은 말을 타고 진영을 누비며 외쳤다.

"곧 전투가 시작될 것이다! 공성전에 대비하라!"

땡땡땡땡!

전투준비를 알리는 종이 울리며, 성벽 전체에 긴장감이 감돈다.

제이나와 사이키델리아 역시 전투를 준비한다.

"전군, 전투를 준비하라!"

"충!"

각자 순백색의 검과 활을 꺼낸 제이나의 부하들이 격돌에 대비한다.

그리고 그 뒤를 지키는 것은 태양을 가릴 정도로 거대한 드래곤들이었다.

날개를 펄럭여 비상한 드래곤들이 성벽 근처를 순회하며

마력을 한껏 끌어올리고 있었다.

뿌우!

멀리서 천족 군단의 진군을 알리는 나팔이 울려 퍼졌다.

제이나는 적이 지척에 도달했다는 것을 각 진영에 전파했
다.

"5분 거리에 적이 출현했다! 투석기를 준비하라!"

"투석기 장전!"

철컹!

제아무리 천족군단이라고는 하지만 중간계에서 전투를 벌
이자면 평소의 전투력에 1/3은 포기해야 한다.

대기 중에 녹아 있는 자연의 정기는 그들에게 있어 독소와
같기 때문이다.

하지만 이 정도의 전력이라면 인간의 병력은 백병전에서
모조리 전멸할 수도 있을 것이다.

하늘을 빽빽하게 수놓은 천족군단의 등장에 칼번은 탄성
을 내지른다.

"저, 저것이 바로……!"

하지만 언제까지나 감탄이나 하고 있을 겨를이 없다.

"원거리 공격을 시작하라!"

"투석기 발사!"

쿵!

슈아앙!

거대한 바윗덩이가 날아올라 열을 맞추어 날아오던 천족의 대열을 흩트려 버린다.

콰앙!

직접적으로 피해를 줄 수는 없지만, 대열이 다소 정체를 빚어 브레스가 효과적으로 작렬할 수 있는 여건을 만들어낼 수 있었다.

─공격하라!

"크아아아아앙!"

용언과 마력의 집합체인 형형색색의 브레스가 천족군단의 일선을 모두 제거해 나간다.

"크허어억!"

"크악!"

지상 최강의 생물들이 쏘아내는 브레스의 위력은 상상을 초월하는 것이었다.

하지만 천족의 숫자는 좀처럼 줄어들 생각을 하지 않는다.

이제 그들이 가시거리까지 진격해 왔고, 본격적인 공성전이 시작되었다.

뿌우!

"돌격!"

"와아아아아!"

물밀 듯이 밀려드는 천족군의 공격에 가장 먼저 희생되는 것인 인간들이었다.

"죽어라!"

서걱!

"크하악!"

순백색 칼날이 스칠 때마다 인간들은 속절없이 죽어나갔고, 성벽의 일선이 모두 전멸해 버린다.

하지만 인간들은 결코 물러섬이 없었다.

"진영을 유지하라!"

"방패로 최대한 버텨라!"

쿵쿵쿵!

성벽이 과연 의미가 있을까 싶지만, 그들은 결코 공중을 쉽사리 지나갈 수 없었다.

3군단 15만 병력이 그들을 저지하고 있었기 때문이다.

"끝까지 막아라!"

"3군단에 영광이!"

팅팅팅팅!

날개와 날개가 부딪치고, 검과 검이 섞이면서 여기저기에서 은혈이 낭자한다.

서걱, 서걱!

"크허억!"

"쿨럭!"

대열의 정체가 빚어지는 가운데, 드래곤들이 육탄전에 나선다.

"크아앙!"

뚜두둑!

드래곤의 꼬리와 손톱이 스치는 족족 뼈가 통째로 부러지는 소리가 들리고, 개중에는 천족을 이빨로 물어뜯는 광경도 볼 수 있었다.

하지만 상성이 정반대인지라 잡아먹어 몸속으로 흡수할 수는 없었다.

입가에 은빛 선혈이 낭자한 드래곤들 중에서 가장 어린 개체가 처음으로 사망하고 만다.

서걱!

"크아앙……!"

―제, 젠장……!

힘없어 떨어져 내린 드래곤의 사체가 천족의 전사들을 깔아뭉개 버린다.

쿠웅!

"크하아악!"

협소한 공간에서 벌어진 전투로 인하여 생겨난 뜻밖의 피해였다.

주변에 수많은 전사자가 발생하는 것과 드래곤의 죽음은 크기만 달랐지 전장에 미치는 영향은 전혀 없었다.

그가 죽든 말든 전투는 계속된다.

"끝까지 밀어붙여라!"

"와아아아아!"

군단장이 선두에 서서 전투를 지휘하는 바람에 인간의 진영은 순식간에 쑥대밭이 되어버린다.

제이나는 사이키델리아에게 군단장을 맡을 것을 요청했다.

"저놈들을 막지 못하면 전투는 이대로 끝나고 만다!"

―알겠다. 군단장들을 잡아라!

―예!

최소한 1만 년 이상 살아온 드래곤들만 진영을 이루어 천족의 군단장을 공략해 나갔다.

―헬 파이어!

화아아악!

드래곤하트가 만들어낸 마법이 군단장을 덮치자, 그들의 진격은 간단하게나마 저지되었다.

"쳇! 성가신 놈들이군!"

하지만 그것도 아주 잠시였다.

드래곤로드와 겨루어도 전혀 밀림이 없을 군단장들이 오

히려 드래곤들을 공격하고 나섰다.

"오늘이 네 제삿날이다!"

부웅!

서걱!

─크흑!

두꺼운 비늘도 이들의 검 앞에서는 결코 안전한 방어막이
되지 못한다.

결국 드래곤들은 3군단과 섞여 전투를 벌일 수밖에 없었
다.

군단장들 덕분에 속절없이 밀리는 통에 제이나는 입술을
깨물었다.

"젠장……!"

"끝까지 밀어붙여라!"

"와아아아!"

퍼억!

"끄아아악!"

인간과 천족 3군단의 머리가 땅바닥을 굴러다니는 가운데,
전투는 점점 천족군에게 유리하게 돌아가기 시작한다.

"제이나님! 이대로는 전멸입니다! 전군에 퇴각을 명령해주
십시오!"

"하지만 이대로라면 거점을 빼앗기고 만다! 그렇게 되면

인간들의 백성들이 모조리 죽어나갈 것이다!"

"그렇긴 합니다만, 이대로 가다간 드래곤들은 물론이고 우리까지 전멸입니다. 게다가 인간들은 벌써 절반이나 죽어나갔습니다. 어서 결단을 내려주십시오!"

그들의 목적은 끝까지 버텨 카미엘과 마리우스의 생환을 기다리는 것이었다.

제이나는 이를 악문다.

"끝까지 버틴다!"

"부군단장님!"

"어쩔 수 없다! 끝까지 버티는 수밖에!"

이제 드래곤들까지 심심치 않게 죽어나가지만 사이키델리아 역시 전혀 물러섬이 없었다.

─종족의 명예를 지켜라! 죽음으로 전투에 임하라!

─승리를 위하여!

"크아아앙!"

아수라장으로 변해 버린 전장에 남은 것은 오로지 죽음뿐이었다.

*　　　*　　　*

개전 하루 만에 병력이 절반이나 줄었지만 중간계 연합군은 물러설 기미를 보이지 않고 있었다.

그야말로 임전무퇴의 각오로 버티던 연합군은 결국 한계에 부딪치고 말았다.

외성문을 빼앗겨 전선을 뒤로 물릴 수밖에 없었던 것이다.

이제 한걸음만 더 물러서면 민간인들이 학살당할 수밖에 없다.

"이곳이 우리의 무덤이다! 더 이상 물러설 곳도 없다!"

공중전을 벌이기엔 상당히 좁은 내성의 특징상 백벽전이 벌어질 것이 분명하다.

제이나는 이곳에서 뼈를 묻기로 한다.

뿌우!

멀리서 전열을 가다듬은 천족군이 다시 진군해온다.

5천이였던 드래곤은 벌써 4500으로 그 숫자가 줄어들었고, 인간은 절반이 넘게 죽어나간 상태였다.

그나마 1만이라는 적은 숫자가 사망한 3군단 덕분에 여기까지 버틸 수 있었던 것이다.

드래곤들 역시 자신들의 무덤을 이곳으로 정한 모양이다.

─자랑스러운 드래곤들이여! 이곳이 우리 종족의 마지막 땅이 될 것이다!

"쿠오오오오!"

인간들에게 있어 공포로 다가왔던 드래곤들의 표호가 이

제는 결연한 의지를 다지게 해주는 독려로 다가온다.

"결사항전이다! 모두 죽었다 생각하고 싸우라!"

"연합군 만세!"

"와아아아아!"

분명 열세에 몰린 상황이었지만, 연합군의 사기는 그 어느때보다 드높았다.

연합군이 죽음을 각오했을 때, 천족군이 내성문을 향해 돌격해온다.

"천족은 무조건 승리한다! 돌격!"

"와아아아아!"

막강한 천족군이 밀고 들어오자, 제이나가 이를 악문다.

"막아라! 밀리면 죽음뿐이다!"

인간과 천족, 두 종족이 뒤섞여 내성은 외성보다 더 치열한 전장으로 변한다.

서걱, 서걱!

"죽어라!"

"크허어억!"

공중에는 드래곤과 천족군이 공중전을 벌이느라 두 개의 피가 흩날리고 있다.

―끝까지 버텨라!

"크아아앙!"

일당백으로 싸우고 있지만, 드래곤들 역시 이제는 힘에 붙이는 것을 느끼는 듯하다.

서서히 비늘에 난 흠집이 늘어만 가고, 뿔과 손톱이 성한 개체가 하나도 없었다.

이제 개전 만 이틀이 되었지만, 인간들의 숫자는 1/3이, 천족군은 10만이 남아 있었다.

이대로라면 오늘 안에 전쟁이 끝날 수도 있을 것이다.

'제 능력은 여기까지입니다. 죄송합니다, 군단장님.'

15만과 10만의 차이는 실로 엄청나다 할 수 있다.

1/3이 전사했다는 뜻이고, 병력이 줄어드는 속도는 가속화될 수밖에 없는 것이다.

더군다나 군단장들의 활약은 점점 더 돋보이고 있었고, 그들은 무참히 병력의 숫자를 줄여나가는 중이었다.

"허업!"

콰앙!

"크아아악!"

일격에 천 명이 넘는 사상자가 발생하니, 더 이상 어찌해볼 도리가 없었다.

그렇게 속절없이 진영은 점점 더 후퇴하게 되었고, 이젠 민간인들의 모습이 보일 정도가 되었다.

"엄마!"

"살려주세요!"

천족군은 눈앞에 보이는 인간들을 결코 살려두지 않을 것이다.

그들에게 있어 적으로 간주된 종족에는 절대 자비란 없기 때문이다.

제이나는 중간계의 번성을 위해서라도 그들을 꼭 지키려 했지만, 이제 더 이상 여력이 남아 있지 않았다.

결사항전에서 죽음만을 기다리던 그녀의 눈앞에 희망의 불꽃이 피어올랐다.

높은 하늘에서부터 한 개의 인영이 떨어져 내려 천족의 제 5군단장의 목을 떨어뜨려 버린다.

휘이이잉, 쾅!

서걱!

"끄억!"

"군단장님!"

순식간에 천족군 진영이 동요하기 시작했고, 5군단장을 벤 인영은 빠른 속도로 천족군의 병력을 줄여나간다.

"갈!"

쾅!

"크아아악!"

이윽고 천족군 진영에서 비명에 가까운 외침이 들려온다.

"카미엘이다! 카미엘이 나타났다!"

순간, 인간들과 3군단의 사기가 오르기 시작한다.

"검황폐하다! 검황폐하가 나타나셨다!"

그리고 잠시 후, 천족군 후방에서 마리우스와 엘레니아가 빠른 속도로 진격하며 적의 후미를 교란시킨다.

"군단장님!"

"제군들, 돌격하라!"

"와아아아아!"

지상에서의 전세가 급격하게 역전되는 만큼, 공중전 역시 마찬가지였다.

─천벌을 내려주마!

"크아아아앙!"

드래곤 로드의 브레스가 작렬하자, 그에 닿는 모든 생물들이 얼음조각이 되어 산산이 부서져 내린다.

쫘드드득, 쨍그랑!

천족군은 좁은 내성에서의 전투가 자신들에게 불리하다고 느껴지자, 일제히 하늘 높이 날아오른다.

"이런 빌어먹을! 전군, 퇴각하여 전열을 가다듬는다!"

"퇴각하라!"

뿌우!

퇴각을 알리는 나팔이 울려 퍼지자, 천족군은 어쩔 수 없이 전장을 떠날 수밖에 없었다.

　다시 진영으로 돌아온 수장들은 적을 추격하지 않을 것을 명했다.

　"우리가 승리했다! 적은 도망가게 놓아두어라!"

　"와아아아! 연합군 만세!"

　"쿠오오오오!"

　만 이틀 만에 거둔 승리, 각 종족의 함성이 성벽 전체에 울려 퍼졌다.

＊　　＊　　＊

　지상에서 전투가 벌어지는 가운데, 마족들은 붕괴가 가속화되고 있는 지하세계로 돌입했다.

　쿠구구궁!

　유황불은 서서히 식어 내렸고, 온통 살을 에는 듯한 추위만이 가득했다.

　휘이이잉!

　숨결마저 얼어붙는 지하세계에서 아수스의 옥좌를 찾기란 그리 쉬운 일이 아니었다.

　마족들은 서로에게 마기를 불어넣으며 에리시아의 브레스에 버금가는 추위를 버티며 계속해서 중앙을 행해 전진했다.

그렇게 이틀 동안이나 묵묵히 행군하던 그들의 눈에 하얗게 얼어붙은 아수스의 옥좌가 보인다.

"아수스님, 바로 저기입니다."

"후후, 다시 보니 반갑기 그지없군."

베리엘라는 자신의 심장 옆에 고이고이 간직하고 있던 아수스의 심장을 빼내어 아버지에게 건넸다.

"부디 성공해야 할 텐데……."

극한의 상황에서도 일의 성공을 바라는 그들의 정신력은 그야말로 대단하다는 말밖에 나오지 않는다.

종족의 명운이 짊어진 아수스가 자신의 옥좌에 심장을 살며시 올려놓았다.

두근!

마계가 창조되었던 바로 그 순간, 주신의 축복이 담긴 아수스의 권좌는 지금까지 꽤 오랜 시간 주인을 맞지 못했다.

행여나 옥좌가 거부반응을 일으키면 이곳을 찾은 탐사대는 모두 전멸할 것이고, 중간계는 무너져 내릴 것이다.

아수스는 도박을 하는 심정으로 심장에 마기를 불어넣는다.

"후우……!"

그러자, 서서히 식어가던 아수스의 심장이 다시 활기를 되찾는다.

두근, 두근!

검붉은 아수스의 심장이 점점 옥좌의 깊은 곳으로 빨려 들어가더니, 이내 주신의 축복이 흘러나오기 시작한다.

우우웅……!

그리고 잠시 후, 아수스의 옥좌는 심장과 하나가 되어 죽어가는 지하세계에 활력을 불어넣는다.

위이이잉……!

요동치던 땅은 서서히 안정을 되찾았고, 냉풍이 몰아치던 지하에는 다시 뜨거운 불길이 되살아났다.

후우웅!

붉은 불길이 일렁거리던 지하세계에 마침내 파란색 유황불이 그 위용을 드러낸다.

슈아아아악!

"돼, 됐다!"

"하하,하하하하!"

아우스의 심장은 옥좌와 함께 끊임없이 지하세계를 뜨겁게 달구었고, 최상위 마족들과 아수스 부녀는 다시 지상으로 올라올 수 있었다.

*　　*　　*

개전 사흘째, 다섯 명의 최상위 마족과 마왕 부녀의 등장으로 전세는 순식간에 역전되었다.

가뜩이나 괴물 같은 은우와 마리우스의 존재만으로 골치가 아플 지경인데, 전성기의 능력을 되찾은 아수스의 참전은 천족군에게 있어 가히 절망적이라 할 수 있었다.

서서히 후퇴를 거듭하던 천족군은 중간계 연합군에게 협상을 제안하기에 이르렀다.

협상 테이블에 앉은 군단장들과 은우 일행들 사이에는 팽팽한 긴장감이 흐른다.

"이만 전투를 끝내면 죄 없는 인간들은 살려주겠다. 하지만 그 조건으로 범죄자들을 넘겨준다면 그만 철수하는 것도 생각해보겠다."

3군단을 내어놓으라는 그들의 제안에 은우는 실소를 흘렸다.

"전쟁이 무슨 애들 장난인 줄 아나보군. 10만이나 되는 사람들을 전부 포로로 내어주면서 우리 연합군이 얻는 것은 무엇인가? 고작 너희의 철수?"

"평화롭게 지낼 생각이 없는 모양이군."

"후후, 평화 같은 소리 하고 자빠졌네. 이곳에 뼈를 묻고 싶어 환장한 것인가?"

"…우리를 도발해서 얻는 것이 무언가? 진정으로 전멸하고 싶은가?"

은우는 그의 주변에 기의 진동을 일으켜 순식간에 공명을 만들어낸다.

끼이잉!

"원한다면 이 자리에서 네놈들의 모가지를 모두 잘라내 주지. 저번에 나에게 목을 잃은 놈처럼 되고 싶다면 마음대로 해라. 나는 아직도 힘이 남아돌고, 너희들 모두의 모가지를 거덜 낼 자신이 있으니까."

은우의 협박은 그저 허세에 불과한 헛소리가 아니었다.

현재 그의 능력이라면 당장 이 자리에서 군단장 모두의 목을 도려낼 수도 있었다.

하지만 평화롭게 일을 처리하고 싶어 간신이 살기를 억누르고 있었던 것뿐이다.

이번에는 반대로 은우가 그들에게 연합군의 입장을 역설했다.

"우리 연합군은 중간계에 기틀을 마련하고 이곳에서 서로간의 균형을 유지하며 살 것이다. 지하세계의 붕괴는 일어나지 않을 것이니 안심해라. 내가 아수스의 심장을 포기하면서 지하세계는 영원토록 유황불길이 사그라지지 않도록 변했다."

군단장들은 자신들이 이곳에 내려온 본래의 목적을 상기

시켜냈다.

그들은 대제사장의 명령으로 드래곤들을 척살하고 지하세계를 다시 복원시키려 했다.

한데 지금은 그럴 필요가 없어졌고, 그러 죄인들을 압송하는 일만 남은 상태였다.

하지만 은우의 등장으로 인하여 그것이 불가능해졌으니 후퇴밖에는 길이 없었다.

"…그럼 마리우스의 목을 받는 것으로 절충하도록 하지."

"후후, 아직도 정신을 차리지 못한 모양이군. 좋아, 협상은 없던 것으로 하지."

자리를 박차고 일어선 은우가 협상테이블에서 돌아서려 하자, 군단장들은 입술을 짓깨물었다.

"좋다! 그럼 우리가 중간계에서 철수하는 대신 마족은 더 이상 천계를 넘보지 않는 것으로 조건을 맞추도록 하지."

아수스는 흔쾌히 고개를 끄덕였다.

"그건 나 또한 바라던 바다. 너희같이 이기적인 종족과는 더 이상 분쟁으로 엮이고 싶지도 한다. 네놈들이 데리고 있는 나의 옛 백성들 또한 귀향 의사가 있다면 받아들이겠지만, 그렇지 않다면 굳이 내려 보내지 않아도 된다. 어차피 한 번 배신한 이들이 아닌가?"

깔끔하게 천계수복의 의지를 내려놓은 아수스는 이대로

협상을 끝낸다.

"카미엘, 이 조건이라면 충분히 순응할 수 있지 않겠나?"

"마왕의 뜻이 그러하다면."

마리우스 역시 중간계에 남겠다는 뜻을 밝혔다.

"우리 3군단 역시 이곳에 터전을 잡고 살아가겠다. 그럼 협상은 타결된 것이군."

형제애를 나누었던 마리우스가 이제는 원수가 되었음에 그들은 아쉬움을 토로한다.

"다시는 볼 수 없음이 안타깝군."

그러나 마리우스는 고개를 가로저었다.

"아니, 내 비록 변절자이긴 하지만 쓰레기 같은 제사장들에게 고개를 숙이느니 차라리 죽음을 택하겠다. 다시는 볼 일이 없어 다행이군."

자신과 부하들을 죽음으로 몰아넣으려 했던 그들은 더 이상 형제가 아니었던 것이다.

군단장들은 씁쓸한 모습으로 돌아섰고, 중간계에는 다시 평화가 찾아왔다.

＊　　　＊　　　＊

인구가 삼분의 일로 줄어든 인간들과 10만 여명의 천족은 드래곤들과 함께 중간계를 다시 개간해 나가기로 한다.

천족으로서의 영원한 삶을 포기하면서 그들 역시 먹고 살 터전이 필요했던 것이다.

소수의 마족들은 자신들의 특별한 능력을 사회에 기부하여 삶의 질을 높이는데 주력했다.

드래곤들은 그런 그들을 돕고 때론 필요한 지식들을 전수하면서 조율자 역할을 톡톡히 해냈다.

중간계에는 각자의 영토 대신 각 종족이 한데 어울려 살아가는 자치구와 그들을 통합하는 연합사령부만이 존재하게 되었다.

연합사령부의 사령관은 연합회의를 주관할 뿐, 아무런 권력을 부여하지 않기로 했다.

그리고 그 회의를 주관하는 사령관으로는 마리우스가 추대되었다.

이제 공동사회의 기틀을 마련하게 된 루야나드는 더 이상 은우와 같은 영웅을 필요로 하지 않았다.

루야나드를 떠나게 될 은우와 엘레니아에게 마리우스가 마지막으로 미련을 토로한다.

"나는 당신들이 떠나지 않았으면 하오. 아직 우리는 불안전하고 만약 천족이 다시 쳐들어온다면 제대로 막아낼 자신이 없소."

은우는 고개를 가로저었다.

"나 또한 나의 고향에서 할 일이 있고, 책임질 사람들이 있습니다. 이곳에 평생 남을 수는 없지요."

"그대의 뜻이 정 그렇다면야 어쩔 수 없지만······."

"이곳은 그대들의 터전이고 지금부터는 당신들이 스스로 지키고 보호해야 할 곳입니다. 더 이상 나 같은 이방인이 어쩔 수 있는 곳이 아니지요."

"알겠소. 더 이상 그대를 붙잡지는 않겠소. 다만, 그대가 우리의 영웅이었다는 것만 꼭 알아두었으면 좋겠소."

"내, 죽어서도 꼭 잊지 않겠습니다."

손을 맞잡은 두 사람은 이제부터 영원히 서로를 잊지 않을 것이다.

이윽고 에리시아의 마법진에 올라선 은우와 엘레니아가 모두에게 작별을 고한다.

"부디 좋은 세상을 만들어주십시오."

드래곤들과 군부의 수장들이 은우에게 고개를 숙였다.

"잘 가십시오. 당신은 우리의 영웅입니다."

멀리서 은우를 바라보는 베리엘라의 눈시울 또한 붉어져 있었다.

하지만 그녀와의 추억 또한 가슴에 묻어야 할 것이다.

먹먹해지는 가슴을 부여잡은 그에게 마지막으로 베리엘라

가 미소를 짓는다.

"잘 가."

손을 흔드는 은우의 몸이 용언이 만들어낸 밝은 빛에 휩싸이기 시작한다.

화아아아악!

이윽고 두 사람은 밝은 점이 되어 사라졌고, 루야나드에는 더 이상 이방인의 모습은 찾아볼 수 없게 되었다.

차원의 틈에서 두 사람의 흔적을 느낄 수 없게 되었을 때, 마리우스와 아수스는 힘을 합쳐 이계의 입구를 틀어막아 버렸다.

이제부터 이곳으로는 그 어떤 영혼도 빠져나올 수 없을 것이다.

*   *   *

지구에서의 아침, 은우는 평소와 다름없이 총수 전용 자동차를 타고 회사로 출근했다.

미끄러지듯 입구에 멈추어 선 자동차 앞에 회사의 중역들이 일자로 도열해 서 있었다.

차에서 내린 은우가 멋쩍은 미소를 짓는다.

"오늘 무슨 날입니까? 왜 이렇게 도열해 있는 겁니까?"

이제는 정식으로 이사직에 오른 젝슨이 미소를 짓는다.

"회장님이 귀환하신 날이 아닙니까?"

"후후, 그런가요?"

"저희들에겐 상당히 의미가 있는 날입니다."

처리해야 할 사안들도, 그리고 이뤄야 할 목적도 아직 산더미처럼 남아 있다.

그러나 그런 문제투성이 총수의 귀환에 부하들은 고개를 숙인다.

"나오셨습니까? 회장님!"

이계에서의 귀환, 은우가 돌아갈 곳은 역시 자신이 직접 일구어 낸 터전이었다.

화려한 총수의 귀환을 반기는 회사는 오늘도 활기차게 돌아가고 있었다.

에필로그

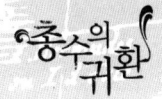

　루야나드 연합군 내 공사현장, 아수스가 공사현장에서 비지땀을 흘리고 있다.

　"하나, 둘, 셋! 당겨!"

　"영차!"

　생각 같아선 포크레인이나 타워크레인을 만들어 사용하고 싶지만, 지금은 그럴 여력이 되지 못한다.

　그래서 드래곤이 무거운 돌덩이들을 옮겨주면 나머지 인력들이 힘을 합쳐 고정시켜 기틀을 잡는 식으로 건물을 지어나가고 있다.

건설현장 기계의 역할을 드래곤들이 해주고는 있지만, 역시 건물 하나 올리는데 걸리는 시간이 생각보다 길다.

다가올 겨울을 대비하기 위해서 구들장을 만들고 원활한 곡식배분을 위해 도로를 닦는 일은 여간 복잡한 것이 아니었다.

하지만 그래도 이렇게나마 기반을 잡아나간다는 것이 중요한 것이었다.

잠시 후, 열심히 일하던 그들에게 반가운 소리가 들려온다.

"새참 먹고 하세요!"

수레에 새참을 싣고 나타난 베리엘라가 인부들에게 아주 상냥하게 소리친다.

인간들과 천족들 사이에서 적응하면서 살자면 베리엘라의 성격보다는 서현의 성격이 오히려 적합할 것이다.

그래서 베리엘라는 본래의 차가운 성품을 버리고 서현 특유의 상냥함으로 돌아서기로 했다.

매일 식사 때와 간식을 해다 나르면서도 힘든 기색 하나 없는 그녀에게 연합군의 모든 남성은 하나같이 극찬을 아끼지 않는다.

"이야, 역시 베리엘라님은 얼굴도 예쁜데 마음씨는 더 곱다니까!"

"어지간하면 저에게 시집오시죠?!"

"자꾸 그러면 다음부터 새참 안 줄 거예요."

"평생 새참 안 주셔도 좋으니 손 한 번만 잡아주십시오!"

"하하하!"

화기애애한 분위기를 즐기는 것은 아수스 역시 마찬가지였다.

"자자, 헛소리 하지 말고 술이나 한잔하지."

"어이쿠, 깜빡했네. 험험, 장인어른 한 잔 받으시죠!"

"자네 자꾸 그러면 엉덩이를 확 걷어 차줄 걸세."

"저 이래 봬도 꽤 건실한 놈입니다!"

"그렇긴 한데 얼굴이 너무 별로야."

"하하하하하!"

겉모습은 딱 20대 청년이지만 실제 나이는 가늠 조차 할 수 없는 아수스 역시 청년들 사이에서 꽤나 인기가 높은 편이었다.

"건배!"

바로 1년 전만 해도 상상할 수 없었던 일, 균형을 중요시 여기는 그들은 더 이상 욕심을 버렸다.

욕심 없이 사람들과 어울려 사는 것을 낙으로 삼으니 걱정 거리가 전혀 없어졌다.

그토록 우여곡절을 겪으면서도 왜 이런 것이 진정한 행복인지 깨닫지 못했는지 모를 일이다.

아수스는 문득 높은 하늘을 올려다보았다.

'당신이 원하시던 것은 바로 이런 것이었습니까?'

그제야 아수스는 주신이 자신을 얼마나 정성껏 축복했는지 깨닫게 되었다.

이제 그의 하루하루는 감사와 만족만 있을 뿐이었다.

*   *   *

국제형사재판이 열리기 전, 강진명은 은우를 찾아왔다.

자신의 친아들이 사형대에 오를지도 모르는 일을 수습하기 위함이었다.

"우리도 부자의 연을 맺은 사이가 아니었니? 주원이의 만행은 그저 친형의 실수쯤으로 생각해 주면 안 되겠니?"

"친형의 실수라면 더욱더 가만히 있으면 안 되는 것 아닙니까? 죗값을 치르는 한에서 그를 구제할 생각을 한다면 모를까, 이대로 대가없이 넘어갈 수는 없습니다."

확고한 은우의 태도에 강진명은 끝내 무릎을 꿇는다.

"내가 이렇게 비마. 그러니 제발 내 아들만큼은……."

가슴속 깊은 곳에서는 아무런 조건 없이 이들을 용서하고 싶은 마음뿐이다.

하지만 은우는 친아버지의 이름이 머리를 맴돌고 다니는

것을 느낀다.

"그렇다면 지금까지 당신으로 인하여 잘못된 것들을 모두 바로잡으십시오. 그렇게 된다면 모든 일은 없었던 것으로 하겠습니다."

그룹을 포기하라는 듯한 은우의 말, 강진명은 깊은 한숨을 내쉬었다.

"결국 이렇게 될 일이었나? 후후, 그래. 네 뜻대로 내가 회장의 자리에서 물러나마."

은우는 고개를 가로저었다.

"내 아버지의 피로 세워진 회사입니다. 나는 내 아버지의 명예를 되찾고자 했을 뿐입니다. 과연 내가 회사를 통째로 빼앗아 얻는 것이 무엇이겠습니까? 생각해 보면 아버지 역시 그것을 원하시지는 않을 겁니다."

"그럼 내가 어떻게 했으면 좋겠니?"

"내 아버지를 초대 회장으로 추대해 주십시오. 그리고 그분을 명예회장으로 임명하고 당신은 2대 회장이 되는 겁니다. 그렇게만 된다면 강주원이 형무소에 가는 일은 없을 것입니다."

아들을 구할 수 있게 된 강진명은 한때 자신이 거두어 키웠던 은우에게 깊게 고개를 숙인다.

"고맙구나, 정말 고맙구나!"

아버지의 간절한 인사, 은우는 가슴속 깊은 곳이 아려오는 것을 느낀다.

*   *   *

아수스가 왕진으로 살면서 남긴 기반들은 모두 은우에게로 흡수되었다.

이계에서의 마지막 날, 왕진의 명의가 모두 은우의 명의로 변경되었기 때문이다.

한국 폭력조직 와신건설부터 흑사회, 그리고 러시아 마피아들까지 통합한 은우는 젝슨으로 하여금 조직을 관리할 수 있도록 했다.

그런 가운데 예림건설 재무총괄이사 장진영은 자신의 아들이 저지른 죄를 덮어두는 대신 케이지와 함께 평생 봉사하면서 살겠다는 결정을 내렸다.

"아버지로서 면목이 없는 부탁이라는 것은 잘 알고 있습니다만, 감옥보다는 전 세계를 돌면서 봉사하는 것으로 대신 속죄 할 수 있게 선처를 부탁드리고 싶습니다."

은우는 그런 그의 의중을 흔쾌히 수락한다.

"좋습니다. 당신이 원하신다면 부자가 열심히 봉사하면서 속죄하십시오. 그것이 억울하게 죽어간 그녀에 대한 배려가 아니겠습니까?"

"고맙습니다……! 정말 고맙습니다!"

세상에서 가장 소중한 것은 바로 가족이라는 의미를 새삼
되새겨본다.

*　　　*　　　*

강남의 한 예식장, 신부대기실에 앉은 엘레니아의 모습에
은우는 넋을 잃고 말았다.

"……"

"왜, 왜 그러세요?"

"아, 아니 너무 아름다워서 그만……."

순백색 드레스를 입은 엘레니아의 모습은 그야말로 천상
에서 내려온 천사와 같았다.

수줍게 미소 짓는 그녀의 곁에 있던 은우의 동생들이 손가
락질을 해댄다.

"쯧쯧, 벌써부터 저렇게 팔불출 티를 내면 어쩌라는 거
야?"

"쿡쿡, 그러게 말이야."

"어허! 저것들이 오빠에게 못 하는 소리가 없어!"

차원을 넘어와 끝까지 자신의 곁을 지켜온 엘레니아에게

은우는 사랑을 느꼈고, 평생 그녀를 지켜주기로 마음먹었다.

그것은 결국 프러포즈로 이어졌고, 결혼이라는 결실을 맺게 되었다.

황금식 회장과의 인연은 아직 끊어지지 않아 있었다.

지금은 비록 고인으로 남은 손녀의 옛 약혼자의 결혼식에 그는 스스로 주례를 설 것을 부탁했다.

비단 그녀와의 관계가 아니라도 황금식은 은우를 상당히 괜찮은 청년으로 생각하고 있었고, 은우 역시 그를 흠모하고 있었다.

그런 관계는 재계의 큰 손을 주례로 모시는 계기를 만들어낸 것이다.

서로 부모님이 없는 관계로 두 사람은 동시에 주례가 있는 곳까지 함께 입장하게 되었다.

빠바바밤, 빠바바밤!

결혼행진곡이 울려 퍼지며, 두 사람의 앞날을 축복하는 박수갈채가 쏟아진다.

짝짝짝짝!

주례 앞에 선 두 사람은 슬그머니 미소를 짓는다.

그런 두 사람에게 황금식이 가볍게 농담을 건넨다.

"신랑은 신부가 너무 좋아서 어쩔 줄 모르고, 신부는 그런 신랑을 사랑스럽게 바라보니 조만간 2세를 보는 것을 기대해도 좋겠군요. 신랑은 분발하십시오."

"예, 알겠습니다!"

힘껏 대답하는 은우로 인하여 식장은 웃음바다가 된다.

"하하하하!"

얼굴이 살짝 붉어진 엘레니아를 바라보며 황금식이 주례를 시작한다.

"앞으로 그런 당당한 기백으로 아내를 평생 아끼고 사랑하며, 또한 몸이 부서지도록 지켜주었으면 합니다. 신랑, 아시겠습니까?"

"예, 알겠습니다!"

"그런 신랑을 아내는 평생 존경에 마지않으며 또한 아끼고 사랑해주십시오. 신부, 아시겠습니까?"

"네, 알겠습니다."

황금식은 두 사람의 성혼선언문을 낭독한다.

"두 사람에게 묻겠습니다. 신랑 이은우 군은 신부 엘레니아 양을 아내로 맞아 평생 머리가 파뿌리가 될 때까지 사랑하겠습니까?"

"예, 그렇습니다!"

"역시 해병대다운 기백이 느껴지는군요. 그럼 이어서 신부 엘레니아 양은 신랑 이은우 군을 신랑으로 맞아 평생 머리가 파뿌리가 될 때까지 사랑하겠습니까?"

"네, 그렇습니다."

예쁘게 대답한 그녀를 바라보며 황금식이 미소를 짓는다.

"하객 여러분, 오늘 새롭게 출발하는 두 사람이 서로를 아끼며 평생 해로할 것을 맹세했습니다. 여러분들과 저는 오늘 이 자리를 축복하며 이 결혼의 증인이 되고자 합니다. 동의하시면 큰 박수 부탁드립니다."

짝짝짝짝짝!

"이로서 두 사람이 부부가 되었음을 엄숙히 선언하는 바입니다."

지금까지 많은 우여곡절을 겪은 두 사람은 앞으로 굳건한 믿음으로 또 다른 시작을 준비했다.

그리고 그 인생의 항해는 절대 흔들리지 않는 신뢰로 이어져 나갈 것이다.

먼 길을 돌아 부부가 된 은우와 엘레니아는 세상에서 가장 행복한 미소를 짓고 있었다.

『총수의 귀환』 완결

인기영 장편 소설
현대강림 마스터
FUSION FANTASTIC STORY
타고난 이야기꾼, 작가 인기영!
「현대 귀환 마법사」의 뒤를 잇는 새로운 현대물로 돌아오다!
한평생 빙의로 고생해 온 설유하.
그 빙의가 그의 인생역전을 이뤄줄 줄이야!
귀신을 다루는 사령술!
동물을 움직이는 조련술!
마검왕에게 사사한 검과 마법!
이계에서 찾아온 세 영웅의 영혼과의 만남.
그들이 전해준 힘으로
역사에 없던 '마스터'가 현대에 강림하다!
주목하라!
나 설유하, 마스터가 바로 여기에 있다!
Book Publishing CHUNGEORAM
유행이 아닌 가치추구
www.chungeoram.com

총수의 귀환

FUSION FANTASTIC STORY

텀블러 장편 소설

아버지라 생각한 자의 배신.
그렇게 이방의 사막에서 죽음을 맞이했다.

그러나, 죽음은 끝이 아니라 새로운 시작이었다!

카이스트 최연소 입학.
하늘이 내린 천재,
과학력을 한 단계 진보시킨 과학자!

복수를 위하여 이계에서 살아남고,
기어코 현대로 다시 돌아온 이은우!

"이제 시작이다, 나의 성공가도는!"

세상이 몰랐던 총수의 귀환!
이은우, 그가 돌아왔다!

Book Publishing CHUNGEORAM

유행이 아닌 자유추구 -
WWW.chungeoram.com